ブスの自信の持ち方

山崎ナオコーラ

誠文堂新光社

ブスの自信の持ち方　目次

ブスの自信の持ち方

第一回　はじめに

ブスの敵は美人ではなく、ブスを蔑視《べっし》する人だ。

「ブス」と言って、こちらをののしってくる人だ。

しかし、その本当の敵は、目くらましをしようとする。「ブスが戦うべき敵はあっちにいますよ」と美人がいる方を指差し、自分はスーッと避難して安全地帯から攻撃を繰り返す。そうして、私たちブスから自信や居場所をどんどん剝奪《はくだつ》していく。

本当の敵、すなわち「ブス」とののしってくる人たちに、罪悪感はない。「社会の仕組みに従っているだけ」「みんなが言っていることを自分も言っただけ」、なんて思っている。

そう、体制側は組織を作って個人の責任をうやむやにし、ヒエラルキーを築いて中間層にちゃっかり居座って「もっと上がいますよ」「もっと下がいますよ」と指差し、被差別者の怒りの矛先《ほこさき》を操るものだ。

その人たちが「ブスの敵」と設定している美人たちは、大抵の場合、実はブスに優しい。

美人がブスをののしることは稀《まれ》だ。曖昧《あいまい》な顔の人と違って、美人がブスを攻撃する必要なんてないからだ。

ブスにとって、美人は友だちだ。大概、仲良くなれる。

人間関係を純粋に築けば良い。敵視したり、憧れたりする必要はない、と私は思う。実際に、私にも美人の友だちが何人もいる。

私は、ののしってくる人に対してだけ、「困ったなあ」と感じている。


テレビのお笑い番組などが、ブスキャラ芸人さんを使って、「美人女優さんやモデルさんに向かってケンカをふっかけさせる」「『自分は美人だ』と勘違いしているかのような振る舞いをさせる」といった作り方をしているのをよく見かける。

でも、カメラがまわっていないところでブスキャラ芸人さんと美人女優さんが仲良くなることは珍しくないらしいし、現実世界においてはブスの自覚を持っていないブスは少数だろう。

つまり、芸人さんたちは、「サービス精神」「プロ意識」を持って演じているだけなのだ。

芸人さんたちの、恥を捨てる根性や、ひたむきな努力には敬服する。美人にやきもちをやいているフリや、ブスの自覚がないフリを、しっかりとやってのけている。


現代日本社会における芸人さんの活躍は目覚ましい。

こうして、ブスという言葉をエッセイで乱発しても怒られずに済むのは、芸人さんが多用しているせいで、読者のみなさんが耳馴染《みみなじ》みをしているからに他ならない。これが十年前だったら、ちょっと怒られたかもしれない。

そして、ブスキャラ芸人さんの数の増幅は、ブスの多様化も実現してくれている。少し前まで、ブスというのはひと枠だった。「ブス」という個性のみを保持していた。たとえば「ブス枠」の芸人が同じ番組に二人は出てこなかった。だが、最近の芸人さんは、「こういうブス」「ああいうブス」「ブス＋何か」と進化を続けていて、同一番組に「ブス枠」の芸人さんが何人も出てくる。そのおかげで、私たちも、「ただのブス」ではなく、「私らしいブス」として社会に関わることができるようになってきた。

また、ひと昔前までは、ブスに美人風のメイクを「施《ほどこ》してあげる」という番組ばかりだった。画一的な化粧や整形やダイエットを施して「全員で美人を目指す」という社会改革のみが、ブスを生きやすくすると思われていた。

しかし、今は、ブスが生きやすくなる方法も多様になっている。ブス自らが化粧やファッションを勉強し、決して美人に近づくためではなく、自分の個性的な顔立ち、太り過ぎていたり痩《や》せ過ぎていたりする体型を、隠すよりも活かすように、前向きにおしゃれをするようになってきた。プラスサイズモデルなど、美に関する職業に就いている人でも、いわゆる「美人」を目指さない人が増えている。あるいは、コスプレみたいに、もともとの姿とはまったく離れて、精神的な個性をファッションで表現する人もたくさんいる。インスタグラムやツイッターなどの個人メディアで発信する人もいて、女性からも男性からも「かわいい」「ヴィジュアルが素敵」と言われるブスキャラ芸人さんがどんどん登場している。

さて、ここまで芸人さんについて熱く語ってきたのは、もちろん、私がお笑い好きだからだ。でも、「お笑い番組や芸人さんだけにブス関連の仕事を任せるわけにはいかない。文学者が取り組むべき仕事がある」という思いも私は抱えている。その理由は四点ある。

まず、一点目に、「実在のブスは、三枚目キャラばかりではない」ということがある。ブスの多様化、と言っても、芸人さんには共通点がある。「ブスを笑いに変えたいという思い」、それから、「ヴァイタリティー」「打たれ強さ」「その芸人さんなりの明るさ」といったものを持ち合わせている。

だが、この世には、真面目なブスや暗いブス、笑いのセンスがないブスもいる（私だ）。

二点目は、「現実社会においては、笑いに変えるべきではないシーンもある」ということだ。「ブスと言われた」というシーンは様々で、ひとくくりにはできない。

軽いじゃれ合いだったり、親しい人からのからかいだったり、笑いに変えて返した方がスマートなシーンも確かにある。

しかし、人権を無視された場合、学校におけるいじめの場合、仕事に支障が出る場合など、怒ったり訴えたりする必要があるシーンも少なからず存在する。

三点目は、「お笑いには、世界の独特さや、仕事の環境から、おそらく限界がある」ということだ。

テレビ番組などでブスを取り上げる場合、プロデューサーなどの制作側も、想定している視聴者も、いわゆる「『古い男性』的な人」というか、「ブスvs.美人」といったキャットファイトを好む人たちであることが多く、芸人さんは「体制側にサービスすることが仕事」となりやすいのではないか、と察する。ブスのキャバクラというか……。「自虐を見せてくれ」と求めてくる客に対して、求められている通りの自虐を見せる仕事というか……。世界観を揺るがしたり、変化球をなげたり、ブス発信でブスの観客を笑わせるブスネタを作ることも可能なはずだが、たぶん環境的に難しいのだろう。視聴していて、ブスキャラ芸人さんの「プロ意識」「サービス精神」「努力」「根性」を讃《たた》えたくなることは度々ある。だが、「新しい視点」「センス」「知性」「革命」といったものは、その萌芽《ほうが》を感じることはあっても、なかなかはっきりとは見つけられない。ご本人たちにそれがあっても、発揮《はっき》するのが難しい世界なんじゃないのかな、と思う。

四点目に、「せっかく、ブスとののしられてブスについて考えさせられたのだから、『自分がとりあえず生き抜く』というだけの話に終わらせず、この社会システムの成り立ちについて、深く考察してみたい」「できるなら、社会を少しずつ変えたい」「革命を起こせるなら、起こしたい」と考える人もいるのではないか、ということだ。

この四点の理由から、作家としてブス関連の仕事に取り組みたい、と私は考えた。文学に求められていることがあるような気がするのだ。

ブスの本を出版したい、という思いを、私は作家デビュー直後から抱いていた。しかし、なかなかうまくいかなかった。ブスという言葉を書くな、発するな、と言われたこともある。最初は小説にしようと考えていた。ところが、自分にとってリアル過ぎるテーマだからか、単なる力不足か、昇華《しょうか》できなかった。他のテーマのエッセイを書いているときにちらりと容姿に関する小話を出すことはあって、それはわりと評判が良かった。やはり、エッセイできちんと書いてみたい。それで、今回初めて、ど直球に「ブスのエッセイの本」にチャレンジしよう、と決意した。

ここで私がどういう立ち位置にいるかを読者へ提示する方が親切だろう。

私はブスだ。

そして、純文学系の作家として十五年ほど文学活動を続けている者だ。

デビューは二〇〇四年で、まだネットリテラシーが浸透《しんとう》していなかった時期だった。Y新聞に載った私の顔写真はインターネット上のあちらこちらにコピーアンドペーストされ、容姿に対するおぞましい中傷や卑猥《ひわい》なからかい文句が躍《おど》った（このインターネット上のY新聞の顔写真の元とコピーは、私が個人としてひとつひとつ遣り取りして、今ではすべて消してもらえている。この顛末《てんまつ》についてては、また別の回に書く。賛否両論あるだろうが）。

デビュー後、一年目から五年目くらいまでの間、「山崎《やまざき》ナオコーラ」というワードを検索窓に打ち込むと、第二検索ワードに「ブス」と出てきた（ある言葉を検索しようとすると、「その言葉と一緒によく検索されがちなワード」が示唆される。それが第二検索ワードだ）。「山崎ナオコーラ　ブス」と検索する人が世にたくさんいた、というわけだ。

そして、「山崎ナオコーラ」のみで検索をかけても、一ページ目に出てくるサイトはウィキペディア以外すべて容姿の中傷を行う掲示板やブログやまとめサイトだった（その頃、匿名《とくめい》掲示板が隆盛だった）。

この場合、たとえば、雑誌でちらりとエッセイなんかを読んで興味を持ってくれて、「この『山崎ナオコーラ』って人は、他にどんな小説を書いているのかな？」とインターネットで検索した稀有《けう》な人がいたとしても、文学作品に関するなんの情報も得られないばかりか、むしろ私が嫌われていることを知って興味を失ったのではないだろうか。

それで、私は自分の日記を頻繁《ひんぱん》に更新したり、自分のホームページを手作りして自分で作品紹介を書いたり、しかもその中に「山崎ナオコーラ」という名前をちりばめたり、……というくだらない努力を始めた。「検索にヒットしますように」「一ページ目に上がってきますように」と祈った。しばらくすると、それは一ページ目に出るようになった（私が自分で作ったこのホームページは、レンタル元のサービス終了にともない、現在では消えている）。

それから、まとめサイトの管理人さんへ直接に私からメールを送って、「写真を消してもらえませんか？」とお願いしたこともあった。

まあ、なんにせよ、個人でできることには限りがあり、長い間、中傷のページはたくさん残っていた。新作を発表しても、著者の容姿に対する中傷ばかりが躍り、作品に関する言葉をインターネット上で見つけるのは難しかった。

ここ数年は、良くも悪くも作家として私が世間から注目されなくなったり、私の年齢が上がったりしたという理由、あるいは、容姿の多様性の受け入れが進み成熟した社会が近づいてきているという理由、または、ネット民たちのマナー意識が高くなったという理由もあるのだろうか、中傷はかなり少なくなった。

とはいえ、私は長年、自分に対して発されるブスという言葉に対峙《たいじ》してきた。今でも、稀《まれ》ではあるが、ブスという言葉に出くわすときはある。

だから、ブスには強い思い入れがある。

ブスについて書ける機会をもらえたことに、今、とてもわくわくしている。

ただ、私の考え方は少数派で、違う考えを持つ読者の方が多いんじゃないかな、と予想している。私は違う考えの人に、私の考えと同じに染まって欲しいとは思わない。「へえ、こういう人もいるんだ」程度の読みでいい。違う人にも面白がってもらえる文章を書ける自信はある。違うまま共存したい。

それと、私は社会学者ではないし、女性の味方でもない。とにかく、文学者として、個人的なことを、自分の言語センスで綴《つづ》りたい。心を開いてまっすぐに読者と向き合いたい。

本書を、ブスという言葉で傷ついたり悩んだりした経験を持つ人はもちろん、他人事と捉えてきた人にも手に取っていただき、ブスについて考えるきっかけにしてもらえたら嬉しい。

第二回　自信、そして「勘違いブス」について

この本のタイトルは、「ブスの自信の持ち方」だ。

小説でもエッセイでも、一文を読んでもらったとき、続きも読みたくなってもらえたら、ひとまず成功だ。読書の楽しみのひとつに、ページをめくる喜びがある。黒い染みの並びを目で追っているだけなのに、指が止まらなくなる不思議。

タイトルを、最初の一文と捉えてもいい。読者には、書店でタイトルを見た途端に、手をのばし、表紙をめくってもらいたい。そして、購入したあと、ページをめくり続けて欲しい。読み始めたあとのめくるスピードは、ゆっくりでいい。私の場合、夢中になるのが苦手なもので、眠れなくなる小説はあまり読まない。一秒でも、我を忘れたくない。自分のままで読書をしたいと思っている。だから、私の作る本は、めくりやすく、閉じやすいものを目指す。さらさらと読めて、閉じたいときに閉じられる。つまり、ジェットコースターのような本ではなく、散歩のような本だ。次の文も読みたくなるが、続きが気になりすぎて眠れなくなるということは

ない。翌日や、翌年に読んでもいいし、一ページ飛ばしでも楽しめる、というものだ。

とはいえ、少なくとも表紙だけは、パッとめくってもらわなくてはならない。そうでなければ、始まらない。

今回、「ブス」の本を出そうと考え、タイトルについて思案したとき、「ブス」という言葉は堂々と出そうとまず考えた。また、社会の中に「ブスは自信を持つな」という圧力があるのを感じてきたので、「自信」という言葉も入れたいと思った。ブスが堂々と自信を持って活躍できる社会にしていく、というのがこの本を出す意義だ。本作りは社会作りだ。

ここで、「そもそも、『ブス』という言葉を出さないで欲しい」と訴える人もいるかもしれない。

「社会から『ブス』という言葉を消すことがブス差別をなくす」という考え方もあるだろう。でも、私は反駁《はんばく》したい。たとえば、「障害者差別をなくしたい」と考えたときに、「障害」という言葉をなくすことが近道になるだろうか？　障害のある人が、「障害について話したいんですが」と切り出したときに、「障害なんて気にしないでよ。自分で自分を障害者なんて言ったら駄目だよ」と返されたら、がっくりくるのではないか？　「自分が気にしなくなれば済む問題ではなく、社会の変革が必要な問題なのに、まるで『当事者が気にしているだけ』であるかのように扱われたら、コミュニケーションの仕様がなくなる」と肩を落とすはずだ。

同じように、「ブス差別について話したい」と切り出した人に、「ブスなんて気にしないでよ。

自分で自分をブスって言ったら駄目だよ」と返すのは、ただのコミュニケーション拒否だ。社会は変わらない、当事者が変われ、という意味になる。いじめの被害者に、「いじめなんて気にしないでよ。自分で自分をいじめられっ子って言ったら駄目だよ。いじめられているなんて他人に言ったら駄目だよ」と言うくらいひどいコミュニケーションだ。

私は、「『ブスの自信の持ち方』について書きたい」と堂々と切り出したい。

ただ、誤解もされやすいフレーズだと思うので、あらかじめ伝えておきたいのが、この本は人生指南書やビジネス書ではなくエッセイだということだ。自信のない人に「自信を持て」と説教する気は毛頭ない。じゃあ、何がしたいのか？　「ブスの自信の持ち方」とは一体なんなのか、と考察していきたいのだ。

私は、「『ブスの自信の持ち方』というフレーズは引きが強いはずだ」と睨《にら》んだわけだが、その理由は世間が、「ブスはどうやったら自信を持たないでいてくれるのか？」、あるいは、「ブスはどうして世間の意見に歯向かって勝手に自信を持ってしまうのか？」といったひどい圧力をかけてきている、と感じるからだ。また、ブスがその雰囲気にのまれて、まんまと自信をなくしているからだ。

もしも、あなたが自信のない人だとして、その自信のなさはあなたが自分の頭で考えたことが由来ですか？　それとも、あなたに自信を持ってもらいたくない誰かがあなたに自信のなさを押しつけてきて、人の良いあなたが、「じゃあ、言われた通りに自信のないふりをして、しおらしく小さくなり、隅っこで目立たないようにこにこして、清潔を心がけて生きていきます」と周りに愛想を振りまいているだけですか？

「勘違いブス」という言葉がある。

「ブス」よりも、「勘違いブス」の方が、世間においてランクが低い気がする。

だからブスは、「顔の悪さを自覚しています」「身の程をわきまえて、隅っこで、笑顔と清潔を第一に生きています」と激しくアピールする。

世間が「勘違いブス」という言葉を乱発する理由は、ブスに自信を持ってもらいたくないからだ。

ここで、また私自身の話を出すのも恐縮なのだが、これはエッセイなので、私の昔話を書く。

私が匿名掲示板でいろいろと中傷されていた頃、スレッドのタイトルに「自信過剰・山崎ナオコーラ」というフレーズが頻繁に付けられていた。

「ああ、自信がある感じが嫌われているんだなあ」と推察した。

私は、作家としてデビューする前は、「ブス」という中傷を受けたことはなかった。

顔についての雑談などから、自分の容姿が世間で良いとされないことは子ども時代から知っていた。そう、容姿に関する会話はあった。しかし、それらは悪口ではなく、ただの雑談だった。容姿が悪いという理由で生きづらさを感じることはなかった（性格の悪さを理由に生きづらさを感じることはあったが）。とにかく、悪意を持って私に「ブス」と言ってくる人はひとりもいなかった。あるいは、陰で言われることがあったとしても、私の耳に聞こえてきたことはなかった（でも、私の予想として、陰でも言われていなかったと思う）。

この「私が子ども時代や会社員時代に容姿の中傷を受けなかった理由」に、今、私は察しがつく。

私は小・中・高・大学・会社員と、学校なり会社なりの集団の中で過ごしてきたが、「長」と名のつく役職に就いたことがない。班長でさえない。

現在、この文章のトーンなどから、私に「気の強い人」「はっきりと主張する人」というイメージを持つ方も多いのでは、と思うのだが、実際に対面してもらって、直接に会話して声や雰囲気を判断してもらったとき、真逆の印象に変わるのでは、と予想している。自分で言うのもなんだが、実生活において私は、「おとなしそう」「ほんわか系」「地味」と思われがちだ。

子どもの頃の私は、もっとひどかった。病的なほどに人見知りが激しかった。小学校のクラスに「なぜか一日中ひとこともロをきかない子」というのがひとりはいたと思う。私はそれだった。先生や親戚から問題児として扱われていた（低学年の頃は、しっかり者の明るい子を「ナオちゃんの面倒見役」として当てがわれた。屈辱だったが、それが私だった）。実際に病気の心配をされた記憶もある。いじめに遭《あ》ったときは「まごまご」というあだ名をつけられた（常にまごまごしていたからだろう)(だから、悪意のある中傷を受けることは子ども時代にもあった。でも、性格に対する中傷であり、容姿については言われなかった)。年齢を重ねるうちに少しずつ喋ることができるようになり、大学に入ったときに友人に恵まれて大分明るくなり、会社員時代はおどおどしながらも通勤して、それなりの大人になった。ただ、地味なキャラクターは貫いていた。

そのあと、二十六歳で作家デビューして、ものすごく変わった。インタビューを受けたり、トークイベントに出たりした。元々の友人知人と話すときは変わっていないが、少なくともメディアに出るとき、私は堂々と振る舞っている。最初は無理をして振る舞っていたが、繰り返すうちに、それほど支障を感じなくなってきた。

すると、新聞や雑誌に、ブスの顔写真が大きく載る。それも、道化ではなく、真面目な表情をしている。

「勘違いブス」と思われたのではないか。

そして、中傷が始まった。

何が書きたいのかというと、「世間は、ブスの存在を消したいのではなく、隅っこに行かせたいに違いない」という推論だ。

私は自分に向けられた様々な中傷を読んで考察した。

意外と、ブスに対して、「いなくなれ」「消えろ」「見たくない」「自分と関わらないでくれ」

といった声を放つ人は少ない。

それよりは、「勘違いするな」「身の程をわきまえろ」「自分の顔が世間でどの程度のランクに属しているかを認識した上で、社会的な行動をしろ」「せめて、にこにこしろ」「女は愛嬌《あいきょう》」「隅っこで、清潔と笑顔を心がけて、道化を演じろ」「真ん中に立つな、隅っこに立て」「上に立つな、下に立て」「たとえ仕事で成功しても、ブスは社会の中央には絶対に立てない」「仕事ができたからといって、自分の顔を忘れるな」といった声を放ってくる。

私は作家になる前、子ども時代から会社員時代までの間、中央から離れた隅っこで生きていた。だから、「ブス」とののしられなかった。

しかし、作家になったときに、「身の程をわきまえずに中央に出てきた」「ブスなのに目立つ場所にきた」と思われ、バッシングされたのだろう、と私は自分の状況を分析した。

世間は、ブスに消えて欲しがっていない。

むしろ、ブスの存在を望んでいる。

ブスには、「自信がありません」という顔で、隅っこでにこにこしながら立っていて欲しいのだ。

書店へ行くと、「自分に自信を持とう」と促す本が書棚にたくさん並んでいる（まあ、本書と同じく、タイトルで「自信」を謳《うた》っているからといって、自信を持つことを促しているとは限らない。うがったことが書いてある可能性も、もちろんあるわけだが）。

たぶん、「自信さえあれば、楽に生きられるのに」と思いながら、苦しい生活を続けている人が、世にたくさんいるのだ。そういう層に向けて、それらの本は売られている。

そして、想像するに、そんな自信のない人が目立つブスを見たとき、

「普通の顔の私（あるいは僕）がこんなに自信がないのに、なぜブスが自信満々で表舞台に出ているのだろう？」

「美人が表舞台に立つべきだから、普通の顔の私（僕）は脇に寄って引き立て役にまわり、コツコツ頑張ってきた。そうやって私（僕）が日陰で懸命に生きているのに、なぜブスが身の程をわきまえずにポーンと中央に出てきたんだろう？」

という疑問で頭がいっぱいになってしまうのではないか？

そういう人たちは、悪い人ではない。ただ、苦しいだけなのだ。自分に自信が持てず、どうしたらいいかわからない。どこかに灯《ともしび》を見つけたい。

普段は礼儀正しいし、友人や家族に対しては優しい。でも、インターネットでブスを見つけたときに、「勘違いブス」「身の程をわきまえろ」と書きたくなってしまう。

ブスに対して、世界からパッと消えて欲しい、と願っているのではなく、恥ずかしそうな顔をしながら「勘違いしてごめんなさい」と表舞台からすごすごと去り、元いた隅っこに戻ってにこにこして欲しい、と願っている。

自分より下のランクの人を見つけて、自分が少しでも自信を得たいのだ。決して、悪意なんてないつもりだ。悪人になる勇気などないし、周囲の人が蹴っているのと同じ程度の小さな石を、自分もブスに向かって蹴って、怪我をさせない程度にコツンと当てたいだけだ。世間というものは、ブスにだけでなく、普通の顔にも厳しい、と感じている。だから、「自分も被害者だ」という意識がある。アップアップしていて、藁《わら》をも掴《つか》みたいだけなのだ。

こういったことは私の周りだけでなく、あなたの周りでも起こっているのではないだろうか？

自信のなさの押し付け合いだ。

私の場合は幼少時代に容姿を中傷されることはなかったが、他の人の話で、「親から『ブス』と言われながら育った」「子どもの頃に、親戚から『おまえは顔が良くないから、隅っこに行ってにこにこしろ』と言われたことがある」といった類の実に悲しい話を聞いたことがある。家族間で「ブス」と言い合うのはもっと複雑な事情があるかもしれないが、もしかしたら、「自信のない親が、子どもに自分の自信のなさを押しつけているだけ」という場合もあるのではないか？

社会の中でも、家の中でも、ドッジボールのボールのように、「自信のなさを誰かに当てて、中央から追い出そう」という流れがある。消したり殺したりするのではなく、「にこにこしながら外野に出てくれ」と、ポンと当ててくる。

人間は集団で生きているので、いろいろな人の気持ちを受け取ったり、こちらも周囲に発散したりして、やっていくしかない。

でも、普通の顔の人の自信のなさを受け止めて、ブスがより自信をなくさなければならない、という流れは、かなりバカバカしい。

そういうわけで、自信のない人に、「あなたの自信のなさはどこから来ているのですか？」と尋《たず》ねてみたいのだ。

誰かから押しつけられていないですか？

第三回　自信を持たない自由もあるし、持つ自由もある

私はこれからも雑誌や新聞で顔出しをするつもりだ。

自分のヴィジュアルや喋りが仕事になる（金に換えられる価値がある）とはもちろん思わないので、ヴィジュアルがメインの仕事や、トークで笑いを取らなければならない仕事は遠慮する。今後も、ヴィジュアルを良くする努力はせず、文学に対してだけ努力する。そして、文学について語ることができる仕事や、書籍の宣伝ができる仕事では、堂々と顔出しをして作家活動を行う。

「ブス」を理由に脇に寄ったり、隅っこに移動したりはしない。

たとえば、逆にこういうこともある。

文章のプロではない人が、専門分野のことを語るため、あるいはキャラに魅力があるため、文章を雑誌や新聞に載せる。世の中には、うまい文章ではなくても、面白い文章がたくさんあ

る。文法が間違っていたって、力を抜いていたって、文章というものは、どこにでも発表していいのだ。学校の外で書く文章は、テストでも小論文でもないのだから、自由に、ただ面白く書くのがいい。

もちろん、別ジャンルで仕事をしている人が、もともと読書家だったり、二足の草鞋《わらじ》を履く覚悟があったりして、文筆家としても本腰を入れてエッセイなどを執筆することもある。

でも、そうではなくて、「依頼をもらったから、自分の本来の仕事を紹介できるチャンスだと思って、さらりとエッセイを書いてみました」という場合もあるに違いない。その、力を抜いて書かれた、てにをはが変な文章が、ときに作家が目一杯に張り切って書いた「うまい文章」よりも、ずっと魅力的なことは往々にしてある。「文章を勉強したわけじゃないから」「本業がいそがしくて、文章を書くためにたくさんの時間は割けないから」と遠慮して書くのをやめてしまうのはもったいない。

作家の場合は、文章を発表するからには手を抜きたくない。言葉や文法も「私はこう書く」というプライドを持って選び、「テキストだけが自分のすべてだ」と考える。

けれども、それは文章を発表する資格ではない。

様々な人が、いろいろなスタンスで文章を書いて、発表していい。それが健全な社会というものだ。

それと同じだと思う。

モデルさんならば、価値ある顔立ちや身体を、日々のメンテナンスでさらに整え、食事や運動などの努力もプラスして、センスのある表情を浮かべ、自然なポージングで、人前に出るだろう。

お笑い芸人さんは、太ったり痩せたりといった努力をし、キャラがはっきりわかるような服装を心がけ、場が和むような表情を作って、カメラに向かうだろう。

だが、私はヴィジュアルを仕事にしていないから、価値のない顔立ちの上に、なんの努力もせず、自分が好きな服を着て、ただの真面目な表情で、棒立ちで、写真を撮ってもらう。それでも許されるだろう、と考えている。

とはいえ、たとえば雑誌の記事の場合、編集者さんや写真家さんやデザイナーさんといった他のプロたちの作品でもあるので、「笑ってください」と言われれば笑うように努めるし、「肩の力を抜いてください」と言われればリラックスを心がける。ただ、うまく笑えなかったり、結局は力が抜けなかったりしたら、それはそれで仕方がない、と私はあきらめてしまう。大概、編集者さんも写真家さんも、大目に見てくれる（最近は、きれいだったりかっこ良かったりする作家が多いし、写真の仕事もきっちりとこなす作家もいるから、もしかしたら、「期待と違った」と思われている可能性もあるが）。

雑誌のインタビューを受け、送られてきた掲載誌をめくる。美しいモデルさんが載っていて、その隣のページでブスな私がしかめっ面をして同じくらいの誌面スペースを占めていたら、さすがに自分でも引くときはある。「きれいだったりおしゃれだったりする人で、このページに私の代わりに載りたい人がいるんじゃないだろうか？」「読者だって、見目麗《みめうるわ》しい人のページを見る方が気持ちがいいだろうし」と考える。

けれども、やっぱり、「いや、いや、いや……」と首を振る。

ブスは表舞台から去るべきだ、という思考に安易に流れるのは、それがどんな場面でも、避けた方がいい。

もう何年も前のことだが、ある雑誌の著者インタビューを受けたところ、ワンピースの襟《えり》ぐりがずれて、ブラジャーの肩紐《かたひも》が写っていたことがあった（シンプルな紺色の太幅ストラップだったので、編集者さんは下着ではなくてこういうデザインの服だと思ったのに違いない。読者も気にしなかっただろう。でも、自分ではわかるわけで「失敗したなあ」と反省した）。こういったことは、見た人を不愉快にさせる可能性があるので、さすがに身だしなみには気をつけていきたい。しかし、そもそも、ヴィジュアルを仕事にしている人ならば、こういう失敗はしないはずなのだ。「着こなしがちゃんとできる人が、誌面に載るべきではないのか？」「読者だって、ファッションを楽しみたいだろうし」と思う。

だが、やっぱり、「いや、いや、いや……」と首を振る。

身だしなみはともかく、おしゃれに関しては完璧でなくても良いのではないか？

文芸誌が文章のプロだけでは成り立たないのと同じように、ファッション誌もおしゃれのプロだけでは成り立たない。おしゃれではない人もいる社会でおしゃれな仕事を繰り広げるのが、本当のおしゃれな人なのに違いない。

そして、身だしなみに関しても、度が過ぎればもちろん読者に失礼だが、「ご愛嬌」というものはある。森茉莉《まり》の写真で、やはり襟ぐりがずれて、ブラジャーの肩紐が写ってしまっているものを見たことがある。本人としては恥ずかしく感じる写真だろうが、見ているこちらとしては森茉莉のだらしのなさがむしろキュートに感じられ、作家性がよく出ていて良い写真だな、と思った。

将棋の羽生善治《はぶよしはる》さんが、寝癖を直さずに写真に写っているのも、「将棋に集中しているんだな。常人とは違うな」と納得させられるし、むしろ好印象だ。

読者の方も、モデルさんのセンス溢《あふ》れる完璧な着こなしも見たければ、変わった人間性の人の変な服装も見たいのではないか。編集者さんは、それを全部合わせた上で「おしゃれな雑誌」に仕上げるのが仕事なのではないか。

ブスでも、ヴィジュアルの努力をせずに雑誌に載ったり、目立つ場所に行ったりしていい、と、やっぱり私は思う。

きれいな人ばかりが社会を作っているわけではない。

私みたいなブスが雑誌に載ることで、「ああ、こういう人でも雑誌に載っていいんだ」と救われる人だっているかもしれないではないか。

数年前、ある相談サイトで記憶に残る書き込みを読んだ。

確か、四十代の主婦の方による書き込みだった。私の覚えている内容を勝手に要約させてもらうと、「雑誌『ＶＥＲＹ』に自分よりも顔立ちの悪い人たちの写真が載っていた。会社の社長だとか広報だとかなんだとか。顔立ちの悪い人が、なぜ『ＶＥＲＹ』みたいな暮らしをして、幸せになっているのか。私の方が美人なのに、おかしい。私だって、本当は『ＶＥＲＹ』みたいな生活をしたい。おしゃれなワンピースを着て、素敵なカフェでランチをしたい。でも、できない。夫の収入が少ないからだ。この先の日本では、男性の給料を女性の給料の二倍にしたらいい。そうすれば、美人がきちんと幸せな暮らしができるようになり、顔立ちの悪い人はそれより下のランクの生活になり、序列が整うはずだから」といった意見だった。まあ、炎上していて、批判のレスがたくさん付いていたのだが、キャラの強烈な面白い文章だった。

『ＶＥＲＹ』は、昨今の低迷する雑誌業界の中にあって、燦然《さんぜん》と輝く成功雑誌だ。「きれいなママ」といった雰囲気の人がメインの読者のようだ。記事の切り口にいつもユーモアがあって、ファッションページもキラキラしているし、売れるのはよくわかる。

先日、私は『ＶＥＲＹ』でインタビューを受け、写真を撮ってもらった。それが巻頭の見開きに大きく載った。依頼をもらったとき、私はハラハラした。この書き込みを思い出し、「ブスが出ることを快く思わない人がいるのではないか」と思った。

しかし、「いや、いや、いや……」と考え直した。

『ＶＥＲＹ』の読者にも様々な人がいるはずで、みんながみんな、美人だったり、おしゃれだったりするわけではないはずだ。私みたいなのが雑誌に載ることで、ほっとする人がいるのではないか。快く思わない人がいるとしても、それを予想して「出ない」と判断するのは、作家の仕事ではない。ここで出るのが、作家らしい態度ではないのか。

これからも、「ブスだから不快に思われるかも」と思ったら、むしろ顔出しをする判断をしていきたい。

私の、この「雑誌や新聞に平気で顔出し」するというスタンスを、「顔に自信がなくても、文章に自信があるからだ」と捉える人もいるかもしれない。

それは合っていないこともないが、ちょっとだけ違うようにも自分としては思う。

確かに、私が顔に対して自信を持っている度合いと、文章に対して自信を持っている度合いでは、文章に対しての方が高い。しかし、「文章に絶大な自信がある」というわけではない。「文章が下手だ」という批判だって受けているし、自分としても「もっと文章がうまくなりたい」と常に省みている。新しい文章を発表するとき、自信満々というわけにはなかなかいかない。また、書籍の出版の際は、出版社に出資してもらって、書店さんなどの力を借りて売るので、作家が「自信がありません」と言ってしまうのはルール違反だと私は考えており、「自信があります」と発言することを心がけている（「書いた私は自信が持てない本ですが、売るプロの方々は一所懸命に売ってください」と頼むのは失礼だと思う。「とても良い本ができました。読者に喜んでもらえる自信があります」「応援してください。もっと良い作家になります」と一緒に仕事をする方々に私は言いたい）。だが、口ではそう言っても、新刊の発売に際してはいつもドキドキし、心の底から自信を湧き上がらせるということはやっぱり難しい。

そして、顔に関しても、本当に自信がまったくないわけではないと思う。

大学生だった頃、何かのストレスに因《よ》るものだろうか、ある朝、突然、ばあっと顔中にニキビが吹き出た。顔全体が真っ赤になって、ぶつぶつしている。鏡を見て、驚愕《きょうがく》し、心が萎縮してしまった。

皮膚科に行って薬をもらい、しばらくすると治ったのだが、私はニキビが薄くなるまでの一、二週間、授業を休んでしまった。感染《うつ》る病気ではないのだから堂々と通学すれば良かったと思うし、治らなかった場合はその顔で生涯やっていくのだからやはり勇気を持って外出するべきだったとも反省する。ニキビがあると外に出られないと考えるのはニキビへの差別だし、気にせずに振る舞えたらどんなにかっこ良かったか。だが、人間ができていなかった私は、「外に出るのがものすごく怖い」とコンビニすら行けなくなった。気力もなくなり、家にいたところで勉強も何もしなかった。

大学生の私は、「ああ、これまで私は自分の顔に自信を持っていないと思い込んでいたけれども、本当に自信がゼロだったわけじゃないんだな。今、『自信がなくて、人と会えない。何もやる気がしない』と感じているということは、ニキビがなかったときは、少しは自信があったということなんだ」と気がついた。

自信というのは、「ある」「ない」とキッパリと二つに分けられるものではなく、高めだったり、低めだったりする、なだらかなものだ。

百パーセントの自信を持っているという人は世界にひとりもいない。おそらく、ゼロパーセントの人もいない。

十パーセントの自信でなんとか生きていたり、九十パーセントの自信で悠々とやっていたり、人それぞれだ。

そして、私が顔と文章に違う度合いの自信を持っているのと同じように、「この分野では、まあまあ自信がある」「こっちの分野では、少なめの自信しかない」と思いながら、なんとかやりくりして過ごしている人も多いに違いない。

しかも、自信は時間と共に増減する。

私の顔の自信も、ずっと増減を繰り返している。

作家デビュー当時は激減した。

「ブス」とののしられ、ののしられた通りに自信を減らしてしまった。

この項の冒頭に、「私はこれからも雑誌や新聞で顔出しをするつもりだ」と書いたが、それは今の気持ちであり、デビューしたばかりでバッシングをどのように受け止めたら良いかわからなかったときは、「顔が嫌われているのだったら、もっと露出を控えた方がいいのかな。でも、そうすると宣伝ができないし……」と素直に悩んでしまった。

また、作家活動を紹介するための自分のホームページに私の顔写真を載せたら、「頭がおかしくなったの？」と友人からメールが届き、「ああ、身近にも、『ブスが顔出しするのは変だ』と考える人がいるんだなあ」と思ったことがある。私のことを嫌っているわけではないのだろうが、「控えめにすることがブスの美徳だ」という価値観を押し付けたいのだろう、と察した。私は言われた通りにその写真を削除した。

それから、「カバー袖に写真を載せるな」というインターネット上のコメントを見て、「じゃあ、今後は自著に写真を載せるのをやめよう」と素直に考えたこともあった。文庫カバーの折り返しのところに著者紹介のスペースがあり、そこに載せる写真を、「自画像のイラストに差し替えてください」と編集者さんに頼み、自分で描いたイラストを出版社へ送りつけ、実際に載せてもらった。

そして、「ここ数年、私は顔出しをするのをやめているものですから、似顔絵でお願いします」とあちらこちらで言っていた数年間もある。ちょっとしたコメントや短いエッセイを雑誌などに寄せるときに、編集者さんから「プロフィール用の小さい写真を貸してください」と言われる。私は「写真ではなく、イラストでお願いします」と、イラストレーターのフジモトマサルさんに描いてもらった似顔絵を送り、それを載せてもらっていた。

このようにプロフィール写真を似顔絵にするのは、まったく問題ないと思う。多くのマンガ家さんがこういったスペースを似顔絵で乗り切っているので、作家だってこれでいいはずだ。私は、これからも似顔絵は使っていきたいと考えている（最近の風潮では、雑誌側が似顔絵を用意することが増えているみたいだ。写真の取り扱いが煩雑《はんざつ》だからかもしれないし、誌面が統一されて見やすくなる効果もあるのかもしれない）。

そもそも私は元来、写真が苦手で、プライベートではほとんど写真を撮らない。家族写真も、常に私は撮る側で、撮られることはほぼない。家族はそれを知っているので、私にカメラを向けない。

できるだけ撮られたくない、という気持ちは、子どもの頃から持っている。

ただ、仕事をしていて、写真を完全に避けると、販促などの仕事が限られてくるし、いちち「今は顔出しをやめているものですから……」と説明するのも面倒で、ちょっと疲れてきた。

しかも、だんだんと、「ブスを理由に顔出しを避けるのは、やっぱり悔しいかも」という気持ちが膨らんできた。

そういうわけで、二年前くらいに、「ブスを理由に写真撮影を断ることはしない」と決めた。撮影を断る理由に、「写真が苦手だから」は良いけれど、「ブスだから」は言いたくない。

そして、撮ってもらうと決めたときは、堂々と写る。ファッションも表情もうまいものではないとしても、「これを雑誌に載せてもらって良いと私は思っています」という態度でいる。

今後も、写真へのスタンスは変わっていくと思うし、顔に対する自信も増えたり減ったり変動していくだろう。

時代や文化、環境の影響を受けて、私の自信は変わっていく。

でも、自信を増やしていきたいか、減らしていきたいか、という方向に対しては、できるだけ自分で舵《かじ》を取っていきたい。「ブスには、自信を減らして欲しい」という考え方には与《くみ》しない。

人間は集団で生活する動物なので、主流派の考えに個人も左右される。

だが、「自信を持ちたいか持ちたくないかは、自分で決めていい」という人間の基本はあるはずだ。

自信というものは、多い方が確かに生きやすい。

自信が少ない人は、周りに迷惑をかける可能性が高い。周囲の人は、気を遣わないといけなかったり、フォローをしなければならなかったりする。自信のない人は、ミスが多かったり、愚痴が増えたり、誰かに自信のなさを押しつけてしまう可能性もある。だから、自信を持った方が周りの人たちの負担が軽くなる、ということはある。

それでも、「自信を持たない自由はある」と私は思う。

他人に迷惑をかけることは、決して悪いことではない。助け合うのが社会なのだから、「迷惑をかけない」ということを第一義にして生きる必要なんてないだろう。迷惑はかけていい。

それに、恋愛シーンで、「自信のない人が好き」という話はよく聞く。自信満々の人より、自信が少なめの人の方が、性的な何かをくすぐるのだろうか？ サポートをするのが好き、応援するのが好き、頼られるのが好き、という人は世の中に大勢いるし、自信がない方がモテる可能性もある。

だから、自信のない人が、「これからも自信を持ちたくない」と思っているのなら、私は「自信を持て」としつこく言う気はない。自信のないままで幸せになっている人は大勢いる。

ただ、私の場合は、ブスを理由に隅っこには行かないし、ブスを理由に自信を減らすことは、もうしたくないと思っている。

第四回　差別語と文脈の関係

「ブス」は差別語だろうか。

たぶん、十年くらい前までは、差別語っぽさがあった。

でも、お笑い芸人さんたちが多用し始めたことで「普段でも言っていい言葉なんだ」と世間的にオーケーとなり、このようにエッセイでも乱発できるようになった。

昔は、公の場で「ブス」という言葉を言ったり書いたりすると、「タブーに触れている」という雰囲気が強く漂《ただよ》ったものだ。

現在では、随分と気軽に使えるようになり、タブーという感じは弱くなった。

ただ、文脈によって、「ブス」が差別語っぽくなることは、現在でもある。

性的に容姿を愚弄するフレーズ、かなりはげしく顔を貶《おとし》めるフレーズを、私がインターネットなどにたくさん書かれた話を前に書いた。気持ち悪いのでここにその具体的なフレーズは転記しないが、おぞましいものばかりだった。私としては、あのフレーズは世界から消えて欲しい。あの文脈の中においては、「ブス」は差別語っぽかった。だが、このエッセイでブスブスブスと書き綴っていることからも明らかなように、「ブス」という言葉単体をこの世から消したい気持ちを私は持っていない。むしろ、自分の書きたいことがうまく伝わらなくなってしまうので、「ブス」という言葉がなくなると困る。単体では差別語ではないし、どんどん言ったり書いたりしたい、と私は考えている（ただ、もしかしたら、「ブス」という言葉を見るだけでもつらい、という読者が中にはいるかもしれないので、そういう方には申し訳ないな、とは思っている）。

ともかくも、デビュー当時の私は「ブス」という言葉を用いて作られたひどい文脈、えげつない文脈に対して、めっちゃくちゃに腹が立った。怒りが燃え上がった。こんなことを書かれるいわれはない。

誹謗《ひぼう》中傷の文章の執筆者に対して、「許すまじ。呪うぞ」と思った。しばらくの間、「書いた人のことは、一生、許さない。許す努力もしない。呪いは解かない」と考え続けていた。私が目にしていない文章、私の知らないところにある文章の場合でも、それを書いて私の人権を踏みにじった人のことは、呪う。私は無意識のままでも、しっかりと呪える。

だが、長い時間を経て、自然と憤《いきどお》りが弱まってきた。まあ、それは自分としては楽になることなので、良かったとは思う。でも、完全には鎮火していない。まだ、残り火はある。完全に許す、という境地はまだまだ遠い。死ぬ前には、許せたらいいなあ、という感じだ。

そう、許せたらいい。でも、あの卑猥なフレーズ、おぞましいフレーズは忘れない。あの文脈の中における「ブス」という言葉はものすごく嫌なものだった。

多くの嫌な言葉は、文脈によって嫌さが作られる。

執筆者が、嫌な意図を持って執筆に臨《のぞ》み、嫌な文脈を作る。そして、その言葉から嫌な感じが噴き出す。

言葉そのものに罪はない。

しかし、中には、「単体でも嫌な感じが漂う」という言葉がある。差別語だ。

差別語には、絶対的なルールがあるわけではなく、それぞれの自主規制によって「差別語だと思うから、書くのをやめよう」となる。

私としては、差別語のことを、「人種や性別、職業、顔つき、体つきなどにまつわる言葉のうち、歴史的に差別や蔑視をする際によく使用されてきたものを、現代においてはできる限り使わない選択をし、不必要に誰かを傷つけるのを避けようとする考え方のことだ」と捉えている。

私の作風において差別語が必要になることはあまりないが、仮定の話として、もしも、小説の中で差別語を使い、「文脈上、どうしても必要だ。読んでもらったらわかるが、差別の意図はない」と出版社に対して強く主張したとしたらどうなるか。

想像するに、載せてもらえることもある気がする。特に文芸誌の場合、結構、自由がきく。ただ、差別語を使用したら、「作品内の文脈」に関係なく、その言葉単体で傷つく読者がいる可能性がある。その言葉が差別の表現として使われてきた「歴史的な文脈」が作品の外の世界に強くあり、読書という行為が外の世界から完全に離れて行われることはまずないからだ。執筆というものがそもそも暴力的な行為であり、気をつけたところで誰かを傷つけるリスクを常に孕《はら》んでいると承知で作家をやっているとはいえ、避けられそうなリスクでも避けずに、無駄に人を傷つけても気にしないでいるということが本当に作家らしい態度なのかどうか、疑問は湧く。また、発表媒体の出版社も責任を負うので、出版社を贖罪《しょくざい》の道連れにする覚悟も必要だ(再度書かせてもらうと、「ブス」を差別語と捉える人がいる可能性を思えば、この本でも覚悟について書いておくべきなのだが、私としては「ブス」は差別語ではないと思っていて、私の「作品内の文脈」がしっかりしていれば、深く傷つく人はいないと考えている。ただ、私の判断が外れて、もしも、深く傷つく人がいたら、謝りたい)。

けれども、新聞が発表媒体の場合は難しいだろう。ちなみに、私は作家デビュー前、新聞に関係する仕事の末端に携わっていて、校閲のようなことをしていた時期があるのだが、『記者ハンドブック』という辞書を片手に、タブーとされる語にチェックを入れていた。今、たまに仕事で会う新聞記者の方々は、やはり社会規範に敏感で、言葉選びに慎重だ。新聞という媒体には社会的使命があるため、記者には公明正大な態度が求められる。もしも、私が作品内で差別語を使用して「このままで行きたい」と強く主張した場合、記者はおそらく「作品を掲載しない（ペンディングにする。つまり、ボツ）」という判断をすると思う。とはいえ、それも絶対的なルールではない。ただの執筆者や掲載者の独自の考えだ。

つまり、差別語は「ルールだから言わない、書かない」というものではなく、「歴史的に差別の文脈の中で使われてきた言葉だから、その言葉単体でも誰かを傷つける可能性がある。そのため、言ったり書いたりしない判断をする人が多い」という程度のものなのだ。

差別語、すなわち、単体でも嫌な感じがしてしまう言葉とは、要は、「『作品内の文脈』以上に、『歴史的な文脈』が強い言葉」ということだろう。

歴史的に「差別が行われた」という事実があり、その差別の中でその言葉が多用されたという記憶をたくさんの人が共有している場合、執筆者が差別の意図を持たずに、関係のない文脈を一所懸命に作ろうとしたとしても、なかなか歴史に太刀打ちできない。

もちろん、歴史を打ち砕く強靭《きょうじん》な文脈を作品内に作ることができたら、傑作が生まれるに違いない。善も悪も関係ない、差別がどうのと言いたくならない、何もかもがぶっ飛ぶ小説がいつか現れるかもしれない。しかし、それはものすごく難しい。

ここで、言葉ではなくて記号の話をしたい。しかも、容姿の話から離れる。

あるテレビ番組をきっかけに、「ブラックフェイス」の問題が日本で話題になったことがある。「ブラックフェイス」とは、顔を黒く塗る化粧のことだ。その化粧を、アメリカを中心に世界の多くの人が「人種差別を表している」と受け取る。

二〇一七年末に、日本の大人気バラエティ番組で、ベテランお笑い芸人さんが、アメリカの映画スターの真似として、顔を黒く塗る化粧をした。

そのお笑い芸人さんは、用意されていた衣装や化粧をその場で施されただけだ。まあ、そこで断ることができないわけではないだろうが、「ブラックフェイス」の使用を誰が判断したのかというと、制作スタッフということになるだろう。

ただ、お笑い芸人さんはもちろん、スタッフさんにも差別の意図はなかっただろう、と推察できる。番組内の文脈に人種差別をしようとする思いは読み取れないし、映画スターの真似をした理由は「『古いスーパースター』の扮装《ふんそう》」を笑いに変えたかったからに違いない。

それなのに、ここまで大問題になったのは、世界的に見れば「ブラックフェイス」が差別を表す記号になっているということ、つまり、言葉における「差別語」のようなものとして機能しているからだ。

歴史の中に、顔を黒く塗る化粧によって人種差別を表現することが行われた事実がある。そのことを、世界の多くの人が忘れずにおり、「ブラックフェイス」を差別の記号として認識する。だから、いくら作品内に差別の文脈がなくても、「ブラックフェイス」単体で傷ついてしまう人がいる。小説の場合に、作者に差別の意図がないのにもかかわらず、差別語単体で傷ついてしまう読者がいるのと同じだ。作品の外の、歴史的な文脈があまりに強いから、いくら作品内で文脈を作っても、言葉や記号のイメージを打ち壊せない。

私は、このテレビ番組の問題を、「差別があった」と捉えている。たとえば、いじめ問題だったら、いじめた側のいじめたという意識の有無ではなく、いじめられた側が「いじめられて、つらい」と感じているかどうかでいじめを判断する。それと同じように、テレビ番組や小説でも、制作者や執筆者の意図ではなく、「つらい」と感じる人がいるかどうかが差別の有無の判断基準になると思う。「つらい」と感じた人が実際にいるのに、「作り手に差別の意図があったかどうかを読み取れ」という主張は無意味だ。

もしも、人種差別の歴史をしっかりとふまえた上で、作品内で歴史が吹っ飛ぶような力強い文脈を作ることができたならば、「ブラックフェイス」を笑いに変えることもできるのかもしれない。でも、とても難しいことだろうと思う。

さて、記号から言葉に話を戻したい。でも、容姿の話からは依然として離れてしまう。

「障害者」という言葉がある。

最近では、その「障害者」という言葉の「害」という漢字が差別的だということで、「障がい者」や「障碍者」という表記を選択する人も増えてきた。

ここで、お笑い芸人のホーキング青山さんの文章を引用したい。

もしも「害」の字を排除していったらどうなるか。そのうち「障」の字も気になりはじめるのではないか。すると、こんな人が出てくるかもしれない。

「『障』は『翔』にしてはどうでしょうか。羽ばたくみたいで素敵ですよ。『害』も『碍』も論外です。ここは『涯』でどうですか。『はて』という意味だから、『はてまで翔《と》ぶ』というイメージになります。ね？　『翔涯者《しょうがいしゃ》』。素敵でしょう？」

なんだか昨今のキラキラネームかインチキな広告代理店の口上みたいだし、こうなるともう暴走族の「夜露死苦」「仏恥義理」とも変わらない。

ちょっと話が脱線したけれど、「障がい者」「障碍者」派の人たちに対しての反論は、簡単に言えば次のようなものになる。

「表記を変えたからといって、障害者に対する無知や、そこから起きる偏見や差別が変わるわけではないだろう」

興味深いのは、意外と障害者やその周辺の人たちにも、こういう意見の人は少なくないという点だ。「言葉を安易に変えると、かえって実態を隠してしまう」と考える人もいるようだ。

当事者の立場から本音を言えば、こういう言い換えはどこか安易な感じがする。ごまかされている感じがするのだ。そして、そんな安易なことで事足れりとしてしまう感覚が透けて見えちゃうから、「こんなんで変わるわけないだろ」という批判が出てくるんだと思う。

（ホーキング青山『考える障害者』新潮新書）

先天性多発性関節拘縮症のため電動車イスで舞台に上がっているホーキングさんは、障害者差別について深く考察していて、芸人という仕事柄、言葉にも敏感で、その結果、ご自身は「障害者」という漢字を選んだようだ。

私も、エッセイなどの執筆に際して、「障害者」という表記を選択することが多い。でも、書きながら、「本当にこれでいいのかなあ」という小さな疑問がいつも胸に湧き、決してベストではないと感じてきた。実際に障害があるのは社会の側なわけで、障害というのは社会の問題であり、本人の問題ではない。とはいえ、実際にハードルを感じている当事者のことを指す言葉を他に思いつかない。そして、最近よく使われがちな「障がい者」や「障碍者」だと、「害という言葉を避けて、気を遣っています」という意味だけが強く出てしまう気がしてしっくりこなくて、それよりは「障害者」という表記の方が自分としてはベターだと感じるな、と思ってきた。

それにしたって、この「障害者」と書くときの「本当にこれでいいのかなあ」という違和感は、できればなくしていきたい。
「気を遣わなければならない」「扱いが難しい」というイメージが言葉に付くと、使用が少なくなってしまい、そのテーマでの議論もされにくくなる。だから、「障害者」という言葉、あるいはそれに代わる言葉を、フラットにしょっちゅう使えたらいいなあ、と思う。

障害者差別の問題も、言葉単体の問題ではなく、文脈によるところが大きい。「歴史的な文脈」で差別や蔑視のために使われた言葉、つまり差別語は避けることを選ぶ人が多い。でも、「障害者」という言葉の場合は、使用することを選ぶ人もたくさんいるが、「作品内の文脈」が大事だとホーキングさんも、そして私も思っている。

ここで、逆から作用する場合を考えてみたい。「歴史的な文脈」「作品内の文脈」、とにかく文脈が大きく作用してその言葉に差別的な雰囲気を帯びさせていると考えるならば、つまり、単体では「いい言葉」「きれいな言葉」と捉えられがちな言葉でも、文脈によって差別的になり得るということだ。

たとえば、「美人」という言葉はどうだろうか。
「美人」という言葉は、単体で見たり聞いたりしたら、ポジティブなイメージを抱く人がほとんだろう。インターネット上でも雑誌でも新聞でもどこでもよく目にする単語だし、普段の雑談においてもよく耳にする。大概は、その人を褒める文脈で使われている。歴史的にも明るい文脈の中で使われることの方が多かった言葉だから、たくさんの人が躊躇《ちゅうちょ》なく使用していると思う。

ただ、文脈によっては差別的に使われていることがある。

私の周りで見たり聞いたりしたことのあるフレーズで、いくつか例を挙げてみたい。

「あの人の仕事が評価されているのは、美人だからだ」「もし美人でなかったら、あの人があそこまでの地位に就くことはできなかっただろう」など、評価や業績を疑い、「美人に実力はないに決まっている」という偏見を押しつけるフレーズ。美人というキャラクターのみでその人を判断し、仕事や性格など、人間としての魅力でその人を見ることができていない。

「美人だから、上司に取り入っている」「美人だから、先生に気に入られようとしている」「美人だから、男友だちに媚《こび》を売っている」「美人が私の恋人をたぶらかした」など、実際にはその人はなんの行動も取っていないにもかかわらず、「美人だから」「美人が」という枕詞《まくらことば》をつけることで、嘘に真実味を帯びさせるフレーズ。やっかみから噂話《うわさばなし》を作られてしまうことがあるみたいだ。

「美人なんだから、真ん中に行きなよ」など、その人の居場所を勝手に移動させようとするフレーズ。隅っこが好きな美人を、ことあるごとに中央に引きずり出す。あるいは、他に主役がいる場なのに「あなたは華があるんだから」「あなたが真ん中だとみんな喜ぶんだから」などと無理に中央に行かせようとする。それを美人が断ると変な空気になる。

「美人は性格が悪い」「美人は周囲の人を見下しながら生きている」「美人は幸せだ」など、顔で性格や人生をタイプ分けしてラベリングするフレーズ。

「美人だから犯罪に遭ったんだ」「美人が犯罪者をそそのかしたのだから、仕方がない」「美人は男の性欲をそそらないように、シャツのボタンを一番上まできっちり留めて、基本はパンツスタイルで、地味な格好をするべきだ」など、犯罪が起きた理由を犯罪者ではなくて被害者に繋《つな》げようとするあまりに酷《ひど》いフレーズ。被害者が犯罪の理由を持つことなど絶対にない。

殺人の被害者の顔写真が新聞に載っているのを見て、「美人ばっかりね」「美人薄命と言うからね」「美人なのにかわいそう」と、ひたすら「美人が殺された」というステレオタイプのストーリーに落とし込むフレーズ。

また、アスリート、犯罪の被害者、芸術家、作家、犯罪者、その職業の人の仕事内容の説明、といった容姿が関係ない職業や事柄の記事で、新聞でさえ「美人」に近い表現でその人を紹介してしまうことがある。執筆者は褒めているつもりだから、罪悪感がないみたいだ。

あと、気持ち悪いのでここに具体例は書かないが、性的なフレーズ、卑猥な文章に「美人」が使われることはよくある。それを仕事場で言えば、いわゆるセクハラだ。学校で言えば、いじめだ。個人名や写真を付けてインターネット上にさらせば、誹謗中傷、人権侵害だ。

このように、「美人」という言葉が差別的に作用しているフレーズは、意外と世界に溢《あふ》れている。

普段は、相手を褒める文脈、ポジティブな文脈で目にすることの多い「美人」という言葉だから、タブーな雰囲気がなく、差別的な意図で使いたくなったときに（とはいえ、多くの執筆者が「美人に対して差別をしよう」なんて自覚を持たないまま差別するわけだが）、「ブス」を使うとき以上に簡単なのだろう。安易に言ったり書いたりしてしまっている。

世間的には良い言葉とされていても差別の文脈で使われることがあるし、世間的に悪い言葉とされていても差別の文脈になっておらず人を傷つけないこともあるし、差別の文脈で使われていなくてもその言葉の世間的な力の方が強くて差別になってしまうこともある。様々なパターンがある。言葉と文脈をうまく繋《つな》ぎ合わせるのはなかなか難しいのだ。

第五回　恋愛

ブスの悩みには、恋愛にまつわるものもあるだろう。

今回は恋愛について考えてみたい。


まず、「容姿が悪い」という理由で恋愛をあきらめることはない。


ただ、誤解しないで欲しい。

「恋愛をしない自由」は誰もが持っている。恋愛に興味がない人は、恋愛なんてしなくていい。

ちなみに、「努力をしない自由」もある。「恋愛に興味がないわけではないが、努力は面倒くさい」という人は努力をしない方が楽しく生きられるから、無理な努力はしなくていい。恋愛のない人生だって幸せだ。

だから、これは「容姿が悪い人も、がんばって恋愛をしよう」という提言ではない。「恋愛をしたい」と思っている人が顔を理由に恋愛市場から撤退する必要はない、という話だ。

でも、「モテ」という言葉で考えるのならば、顔が良い方がモテやすいということはあると思う。

「できるだけたくさんの人から恋愛感情を持ってもらう」ということが目標の場合、自分と関係が遠い人からも恋愛対象として好かれる必要があるからだ。

身近な人の美醜にこだわる人は少ない。恋人の顔、親友の顔、仕事のパートナーの顔、家族の顔が、「世間的にブスと言われる顔かどうか？」と常に意識している人はほとんどいないのではないか？

あなたは、親の顔や、パートナーの顔などの美醜が気になっていますか？　友だちの場合、最初に「友だちになりたい人」を顔で選ぶことはあるにしても、何かをきっかけに仲良くなったあとは、ブスだろうがなんだろうが、どうでもよくならないですか？

初対面で、「この人、顔は悪いけれど、良い人だなあ」と思うことはあっても、深く付き合い出したあとはそんなことは頭に浮かばないようになり、「この人の、このセリフはひどいなあ」だとか、「自分のことをもっと大事にして欲しいなあ」だとか、「もう一歩、関係を進めたいなあ」だとか、他のことが気になってくるに違いないし、また、世間の基準から離れて「この顔が好きだ」となってくるのではないだろうか。多くの人が、自分と関係の深い人の顔を愛している。

ただ、人間というものは、身近な人とだけ生きるものではない。仲の良くない人たち、会ったことのない人たちとも一緒に社会を築いている。大切な人は、近くにいるとは限らない。遠くの人も大事だ。

そして、ときには遠くの人にも恋愛感情を抱く。

先ほどの、「モテ」の話をもうちょっと考えてみる。百人の人から恋愛感情を持たれることを目標にしている人の場合、身近な人が百人いる人は少ないから、遠くの人からも恋愛対象として見てもらう努力をしなければならないことになる。

遠いところにいる人は、顔でこちらを判断する可能性がある。だから、「かわいい」「かっこいい」はとても強い武器になる。

「かわいい」「かっこいい」は、速く遠くまで届く。

それだけのことだと私は思う。

たとえば、告白をするシーンで、顔が理由でフラれる可能性を、ぼんやりと想像してみよう。

1　テレビで一方的に見てきた人に初対面で告白する。
2　通学中、電車でいつも同じ車両に乗り合わせる人に告白する。
3　あまり話したことのないクラスメイトに告白する。
4　一緒に仕事している委員会の仲間、同じ目標で努力している部活仲間に告白する。

5　仲良しグループの中のひとりに告白する。
6　昔からよく知っている幼なじみに告白する。

もちろん、仲が良い人からもフラれることは十分にあるわけだが、そのフラれる理由が「顔」になることが、番号の後ろの、より深い関係の方が可能性が少ない感じがしないだろうか？

そういうわけで、ブスが告白するなら、ある程度の関係を築いてから、あるいは、仕事で協力し合っている途中、同じ目標に向かって頑張っている途中、趣味について語り合っている途中、という関係性で行うのが良いと思う。顔で友だちや仕事相手を選ぶ人もいるから、「最初から門前払いをくらう」ということもあるかもしれないが、そういう人は相手にしないか、あるいは何かしらのきっかけがあればそういう人でも顔のことを忘れてあっさり仲良くなることがあるので、なんとかきっかけを作ってとりあえず仲良くなる。それと、世間的な評価というものが気になる人でも、メディアを眺めるときのような一方的な関係ではなく、自分ありきの関係を築くときには、相手の評価よりも、自分の評価の方をより気にするものだ。つまり、相手は、自分を評価してくれる人と仲良くなりたいと思うはずだ。だから、仲良くなりたいとき、こちらは、自分の世間的な評価が高いことをアピールするのではなく、「あなたの評価を私はきちんとしています」というアピールをした方が効果的だ。こちらがその人を先に評価してあげれば、「自分を評価してくれる人」として、こちらがブスだろうがなんだろうが好印象を持ってくれるだろう。そこからきっかけを作り、少しずつ関係を築いていけば、顔の障害は大分低くなる。

そして、逆に、もしも、自分がものすごくかっこ良かったり、かわいかったりしたら、テレビで一方的に見ている人に初対面でいきなり告白しても、うまくいく可能性があるように思えはしまいか。

アイドルへ片思いすることも、立派な恋愛だ。アイドルや俳優など、メディアの中の人への恋愛感情が起こるときには、顔が大きく作用すると思う。

遠い関係性の人にも恋をすることができるというのは、素晴らしい。社会やメディアの発展のおかげで、こんな恋もできる時代になった。顔の美醜というものがあって良かった。「かわいい」「かっこいい」はパワーだ。

こちらが顔で好きになったように、相手もこちらの顔が良ければ好きになってくれるかもしれない（でも、もちろん、片思いのままだって素敵だ）。

あるいは、たとえどんなにかっこ良かったり、かわいかったりしても、友だちや幼なじみなど、気心が知れている相手への告白の際には、世間的な評価としての「かわいい」「かっこいい」が武器として使えない、つまり、顔が成否に影響しない。

人間は、遠い人の顔はジャッジする。近い人の顔はジャッジしない。近い人の顔は、好きになるだけだ。

「好きな顔のタイプ」というのがそれぞれあると思うが、漠然と「好きな顔のタイプ」を答えるときは、かわいいタレ目、かわいいつり目、かわいい離れ目、といった程度の、たいして個性のない、結局はただの「かわいい子」を答えてしまいがちだ。漠然と想像をしているときに、「好きなタイプはブス」とブスの顔を思い浮かべることができる人はなかなかいない。でも、現実に仲良くなったときにブスを好きになる人はいる。仲良くなった人の顔がタイプになることは往々にしてある。

これは、「長く一緒にいるとブスに慣れる」という話ではなくて、仲良くなれば顔も好きになるのが普通だという話だ。

だから、気心が知れている相手へ告白してフラれたのならば、たとえ自分がブスでも、「顔でフラれたのではなく、人格かタイミングかコミュニケーション不足でフラれたのだ」と、顔のせいにしないで、しっかりと受け止めた方がいいだろう。

動物も見た目で繁殖相手を選ぶことは多いから、社会における見た目の優劣の感覚は、必要なのに違いない。遠い関係性の個体を時間をかけずに選ぶのに、ヴィジュアルを基準にするのは理にかなっている。

ただ、人間の社会は高度なので、見た目の他にも遠くまで届くものはいろいろある。テクノロジーや言葉も発達している。お笑い芸人さんがモテるのも笑いというものに遠くまで届く性質があるからだろう。

動物とは違う、生き残る個体、強い個体、優れた個体の概念が人間にはある。それこそ「ユーモアのセンスがある方が生き残りやすい」というのは人間特有の「優性」の概念だ。

この先、生き残りやすい性質は、もっと多様になっていくだろう。

ただ、現代において、関係性の薄い百人の相手に、一発で恋愛感情を持ってもらいたいとき、「かわいい」「かっこいい」容姿を見せつけるという方法は、まだまだ力がある。

とにかく、コミュニケーションが一瞬で、時間がかからない。

私が先ほど勧めた方法は、時間がかかるし、人数が少なくなる。

だから、「モテ」にこだわる人は、ヴィジュアルを磨くのもいいかもしれない。

しかし、「一生にひとりか二人ぐらいの恋愛相手と、親密で素敵な関係を築く」ということが目標の場合は、まったく異なる。

人間は動物と違って、たくさんの子どもを産む必要がない。いや、子どもを産まなくても良い。社会を作るのにひと役買ったり、ただ一所懸命に生きて周囲と交わったりすれば、人間としての責務を果たせる。もっと言えば、社会と関わらないで孤高を極めても、多様性への一歩を踏み出しているということで、意義がある。人間は、どんな風に生きたっていいのだ。それに、同性と恋愛する人や、子どもが欲しくない異性愛者は、恋愛に子どもが関係しない。いや、いや、動物にも同性と恋愛する個体がいるので、そもそも「種の繁栄」という言葉の意味は「子どもを産む」という単純なものではないのに違いない。

とにかく、「見た目の良い相手と、たくさん子どもを作る」ということがすべての人間の目標であるかのような時代はもうすぐ完全に終わる。

多様な目標を掲げて、それぞれの価値観で生きるようになるだろう。

そういうわけで、目標はそれぞれなのだが、「一生にひとりか二人ぐらいの恋愛相手と、親密で素敵な関係を築く」というのは、最近の人がよく掲げがちな目標だし、このことについて考えてみたい。

関係性の薄い百人の相手に一発で恋愛感情を持ってもらう、ということができている人で、「一生にひとりか二人ぐらいの恋愛相手と、親密で素敵な関係を築く」ということはできていない人はたくさんいる。

あなたの周りの人たちのことを思い浮かべてみて欲しい。

「一生にひとりか二人ぐらいの恋愛相手と、親密で素敵な関係を築く」ということをできている人たち、あるいは、できそうな人たちは、「かわいい」「かっこいい」といった容姿の良さを必ずしも備えていないのではないですか？

もちろん、かわいい人や、かっこいい人でそういうことができる人もいる。でも、ブスでそういうことができる人もいる。この目標の場合、かわいくても、かわいくなくても、かっこ良

くても、かっこ良くなくても、あまり関係ないのだ。

怪我や病気などで大きく顔を損傷した場合も、関係ない。

アザなどの先天性の「容貌《ようぼう》障害」のある人でも、恋愛では顔が関係しない。

仲良くなった人の顔は好きになる。人生でひとりか二人ぐらいと仲良くなるのに、顔はあまり関係しない。

いろいろな人を想像してみてください。顔が理由で恋愛ができない、という人なんていないと思いませんか？

「モテ」ではなく、「恋愛」だったら、まず顔は関係しない。いや、関係しないというか、どんな顔でも、その顔を好きになる人がいる。

第六回　「容貌障害」についてなど

前回、「モテ」はともかく、「恋愛」ではブスがたいして足枷《あしかせ》にならない、ということを書いた。

どのような顔でも恋愛相手はその顔を好きになる。

その続きで、今回は結婚の話を書こう、……と思っていたのだが、その前に、前回の最後に出した「容貌障害」という言葉について、少しだけ触れておきたい。

私はこの言葉を、容姿の中傷に悩んでいた時期に、「悩みを解決してくれる本は何かないかなあ」と書店でぶらぶらしていて、初めて知った。「容貌障害」について書かれた本が何冊かあった。

もちろん、「ブス」について書かれている書籍も書店にはあった。だが、私が感じていること、つまり「コンプレックスで悩んでいるのではなく、いじめに遭っているような気持ち。自分が悪いのではなく、相手が悪いと感じる。社会がおかしいと悩んでいる」「きれいになりたいのではなく、バッシングを不当と感じているだけ」「美人が敵なのではなく、バッシングしてくる人が敵」「男を敵とは思っていない。バッシングしてくる人だけが敵」「バッシングしてくる人には、男も女もいる」「男性にもブスはいる。ブスで悩んでいる男性、つまり男性の同志もいる」「人種差別の被差別者が人種の変化を望んでいないのと同じように、私は自分の顔に誇りを持っており、顔の変化を望んでいない」「決して『仕返ししたい』『上位に立ちたい』のではなく、『社会にゆがみがあると訴えたい』のだ」といったことが書いてあるものを見つけることはできなかった。マンガでは、「化粧やファッションや整形を駆使してブスが美人に変身し、男を見返す」「性格の悪い美人ではなく、優しいブスが、恋愛で勝つ」といった、結局は現状の社会に迎合している話が多かった。革命を起こす話がない。

それで、「ブス」についての本よりも、「容貌障害」についての本の方で、光が見つけられるような気がした。

藤井輝明《てるあき》さんが書いている数冊の本は私を救った。藤井さんは人格者で、考え方も行動も私とは似ても似つかない素晴らしい人なのだが、少しなら真似をできるかもしれない、と思った。怒ったり、仕返ししたり、上位に立とうとしたりするのではない道を示してくれた。藤井さんは子どもの頃から顔に海綿状血管腫が現れ、「容貌障害」と共に生きてきた方だ。

私は他にも、「見た目問題」について書かれた数冊の本を購入した。怪我や病気などによって、一般的に「普通」とされている顔とは違う容姿を持つことになった当事者が書いたり語ったりしているものだ。

街を歩いたり電車に乗ったりしているだけで他人からジロジロ見られる（不躾《ぶしつけ》な視線）、自分を指さしながら「悪いことをするとあんな顔になっちゃうよ」と通りすがりの親が子どもに向かって言っているのが聞こえた（顔を躾に使われた）、就職や結婚をあきらめたことがある（就職差別や結婚差別）、といった壮絶な体験を様々な人が語っている。あまりにも酷いエピソードが他にもたくさんあった。

私にはこのようなすさまじい経験はない。私の場合は、「容貌障害」「見た目問題」の当事者には当てはまらないとは思った。

だから、今、これを書きながら、「見た目問題」で悩んでいる当事者の方から、「『ブス』とは違う」と怒られるかもしれない、という危惧を抱いている。「ブス」をテーマにしたこのエッセイで「容貌障害」という言葉を出して良いかどうか、ちょっと迷った。

でも、私には地続きであるように感じられるのだ。

見た目のことで生きづらさを感じたときに、自分側のコンプレックスとして処理するのではなく、社会のゆがみにどう向かっていくかという対処をしていいのだ、ということを私は「容貌障害」という言葉を知ってから堂々と考え始めた。

容姿によって生きづらさが生じるのは、本人の問題ではなく、社会の問題だ。

この「容貌障害」という言葉は、すべての「『見た目問題』についての本」で使われていた言葉ではないので、抵抗を覚える当事者もいるかもしれない。容姿の問題は「障害」ではない、と考えている方もいるのではないか。だが、私にはしっくりきたので、あえて使わせてもらう。

私は、容姿についての考えごとの中に、「障害」という言葉が入ってきたとき、思考の道筋が見えたように感じた。そもそも、顔にまつわるものも、身体、精神的なものも、「障害」というものはすべて、本人の問題ではなく、社会の問題だ。

本人ではなく、社会にハードルがある。本人ではなく、社会が変わらなければならない。

外出の難しさ、コミュニケーションの大変さを感じている人がいるのならば、社会は変化に向けて努力をすることになる。

就職や結婚が難しい、という人がいるのならば、社会の仕組みや雰囲気を見直さなければならない。

前回、ブスも恋愛ができると書いた。ただ、「恋愛」において容姿の優劣は気にならないという人でも、「結婚」にはハードルを感じる、という場合があるのではないか。

それは、結婚というものが、まだまだ、個人と個人の結びつきではなく、社会に結びついていると考えられがちだからだろう。

次回、結婚の話を書こうと思う。

第七回　結婚、それとトロフィーワイフのことなど

容姿差別が、人種差別や性差別、出自に関する差別などと違うのは、容姿には優劣があるということではないだろうか。

多くの差別は、「優劣なんてない事柄に、偏見で優劣を付ける」というところから起きていて、「偏見を捨て、本来の『優劣などない世界』を取り戻そう」というのが差別をなくす行動になる。

でも、たぶん、顔立ちには良し悪しがある。

もちろん、時代や国によって美醜の基準は変わるし、個人の好みもある。いろいろな顔がかわいいんだ、太っているところが逆にかわいいんだ、美人ではない顔もかわいいんだ、という考え方も最近は出てきた。常識や世間とは離れて独自のかわいさを見つけよう、という人は増えている。でも、価値観が多様になっても、「かわいい」「かわいくない」という判断は残っている。「世間の基準から離れていても、それぞれみんな、かわいいんだよ」と言うことは、「かわいい」=「良い」という主張になるので、やはり、顔に良し悪しがあるということの肯定になってしまっている。「他人に『ブス』って言ったら駄目だよ」と言う人が、他人に向かって「か

わいい」「きれい」という褒め言葉はよく使っている、ということは往々にしてある。顔というものをかわいいとも良いとも何も思わずに常にフラットに認識している、という人はかなり少数派ではないだろうか？

だったら、「自分たちの属している社会には、顔の良し悪しがある。でも、差別してはいけない」と考えた方が、容姿差別の場合の、スマートな行動につながるのではないだろうか。

「容姿で差別するな」という私たちブスからの要請を、「ブスに対して、美人と同じように接しろ」「ブスを好きになれ」ということだと勘違いしている人がいる。

まあ、ブスもそれぞれなので、ブスによって求めることは違うだろうが、少なくとも私は、美人と同じように扱われたくない。

ブスを差別するな、というのは、悪口を言うな、仕事を没収するな、といった意味合いだ。嫌ったり、容姿を下に見たりするのは、私の場合はまったく構わない。どうぞ、どうぞ。人間として下に扱われることには抗議するが、「容姿が下だ」と思われるのは全然つらくない。

私としては、「こちらを『ブス』と言うのはオーケーだが、仕事を辞めさせようとする、居場所を移動させようとする、性的に愚弄《ぐろう》する、人権を無視するような言葉を浴びせる、といったことは差別だ」と思っている。

「英語が話せない人を差別して良いか？」というたとえで考えてみてはどうだろう？　英語が

話せる方が良いか、話せない方が良いか、と考えれば、話せる方が良いに決まっている。英語があまり使われていない国で生きていくならば英語はできなくてもいいが、世界的な仕事をしようとしたり、英語圏に出かけたりするとき、英語が話せるに越したことはない。だが、英語が公用語の国でも、英語が話せない人のことを罵倒してはいけない。英語ができない人を、性的に愚弄してはいけない。英語が話せない人を、「人間として下位にいる」とみなしてもいけない。また、「英語ができないなら、国へ帰れ」「自分の国で仕事をしろ」というのも言ってはいけない。英語ができなくても、コミュニケーションの方法は他にいろいろあるし、他の能力はすごく高いかもしれない。英語のできない人が、世界的に有意義な仕事を成し遂げることは十分にあり得る。決して人間としては下ではない。「英語が話せない」というのが、「英語が話せる」よりも劣等だとしても、差別をしてはいけない。

それと同じように、容姿のことも、「優劣はあるが、差別はいけない」と考えるのが自然なように私には思えるのだ。

それをふまえて話を進めたい。

恋愛シーンでは、個人と個人がコミュニケーションを取って、気持ちが盛り上がれば付き合うことになる。その後、結婚ということが持ち上がったときに障壁が感じられる場合があるのは、「優れた人と結婚することによって、社会的な成功者だと周囲からみなされたい」という欲を多くの人が持っているからではないだろうか。

「優れた人と息子や娘が結婚することによって、社会的な成功者だと周囲からみなされたい」という欲もあるだろう。

日本では最近、結婚式を挙げる人が少なくなってきているらしいが、「結婚式をしなくても写真だけは撮る」という人は多いようだ。その写真でハガキを作って結婚報告をしたり、年賀状にその写真を使ってそれとなく結婚を伝えたりする。SNSに載せる人もいる。

報告を受ける側は、大概、お相手のことを、顔だけで知る。

そりゃあ、容姿が優れているお相手との結婚報告の方が、社会的成功者感が出る。

前々回に書いたが、身近な人は、顔をジャッジしない。優劣など気にしない。仲の良い人の顔は好きになるだけだ。でも、関係が遠い人は、ジャッジする。「かわいい」「かっこいい」というのは速く遠くまで届くから、容姿の優れている相手との結婚は、社会の中でパワーを発揮する。


トロフィーワイフという言葉がある。

社会的にのし上がってきた人が、若くて美人な妻を欲しがる。

周囲の人たちに、「勝ったぞー」と知らしめるためだろう。

アメリカのトランプ大統領に美人の奥さんがいることも有名だ。

お笑い芸人、サッカー選手や野球選手、起業した人、多くの社会的成功者に、若くて美人な妻がいる。

仕事の下積み時代に付き合った女性に対して「こんなもんじゃない」と思い、「もっといい女と付き合えるようになってやる」と企《たくら》む。

いい女と結婚した人のことを、「すごいな」と褒める。

……ここまで書いてきて、かなりくだらなく感じられてきた。

浅い、浅すぎる。人間として薄っぺらだ。社会も薄っぺら。

トロフィーワイフと結婚する人も、それを褒める人も、それを良しとする社会構造も、浅い。

よくよく考えたら、若くて美人な人には「きれいですね」と言いたいが、若くて美人な人と結婚した人のことは別に褒めたくない。

奥さんがきれいなのは奥さんの努力や性質であって、旦那さんに関係ないだろ。

きれいな人と恋愛して、幸せになるのは、もちろん素敵なことだ。

でも、「結婚して、すごいですね」って、周りが持ち上げる必要、あるか？

そうだ。結婚を社会的に評価する必要なんてない。顔に優劣があるとしても、結婚には優劣などない。

「良かったね」「お幸せに」だけでいい。プライベートで幸せになってね、それだけのことだ。

「結婚に優劣がある」という考え方があるせいで、結婚差別が起きている。自分の子どもや親戚などが顔の良い人と結婚することが、自分自身の社会的成功に繋《つな》がる、または「社会的に成功している感」を周囲に自慢できる、と考える人が出てくる。そういう人は、子どもや親戚などの「結婚します」という報告に際して、その婚約者が世間に認められるような容姿をしていなかったら反対する。反対しながら「自分は悪くない」と思う。「世間がその婚約者を低く見るだろうから、お前は苦労する。だから、自分は反対してあげるのだ。自分が悪いのではなく、世間が悪い。世間の逆風から守ってあげるために反対するのだ」という思考をする。「また、こういう嫁（または婿）しか迎えられないような家族だと世間から低く見られたら困る。自分たちはこの嫁（または婿）を悪く思ってはいないが、世間というのはそういうものだ。親戚一同がバカにされる。だから、家族のために、反対してあげるのだ」とも考える。

そもそも、結婚に対して「良い結婚」「悪い結婚」と世間が評価することをやめればこういう人はいなくなるのだから、世間が変わればいい。ワイドショーなどの功罪もあるだろう。結婚や離婚や独身でいることなどに、他人が良いとか悪いとかコメントするのは愚かなことだ。

ついでに、結婚そのものを良いことだとする考え方もなくしてしまおう。結婚を決めた人に対して、「一人前になったな」「責任を持てるようになったんだな」という見方を廃止する。結婚しようがしまいが、しっかりしている人はしっかりしているし、しっかりしていない人はしっかりしていない。

結婚や離婚を社会的な評価に繋《つな》げてはいけない。

日本では法的な同性婚がまだ認められていないのに、仕事のシーンでも、結婚した人を褒めたり、大人扱いしたりすることは行われていて、おかしなことだ。したくてもできない人がいる中で、「結婚するのは良いことだ」という価値観を蔓延《まんえん》させるのは完全なる差別だ。結婚は成果ではないし、人生のステップでもない。結婚や離婚は、社会人としてのその人になんら関係がない。

仕事と結婚をもっと分けた方がいい。

オリンピックなどに関する取材でインタビュアーがスポーツ選手に向かって「結婚についてはどう考えているんですか？」というような質問を投げているシーンをときどき見かけるが、バカじゃないのか。

金メダルをもらって、結婚に失敗したら、「金メダルもらってもねえ……」と思うのか？成功者ではない、となるのか？

関係ないだろう。金メダルをもらったらそれだけですごいのだから、結婚しようがしまいが、離婚しようがしまいが、関係ない。仕事の成功は、恋愛や結婚と無関係だ。金メダルをもらったら、それだけで成功者だ。

私は他人の結婚を褒めない。

そして、トロフィーワイフの文化は、そのうち廃《すた》れる。

第八回　『源氏物語』の末摘花のこと

少し前に、『しんしゃく源氏物語』という演劇を観た。

静岡芸術劇場での公演で、演出は原田一樹《かずき》さんによるものだった。俳優さんたちも舞台美術も素晴らしく、私はいたく感動し、最後はスタンディングオベーションした。

ストーリーは、『源氏物語』の「蓬生《よもぎう》」の巻が元になっている。戯曲は、教師をしていた榊《さかき》原政常《ばらまさつね》という劇作家が、数十年前、高校の演劇部のために書いたものらしい。高校生に向けてここまでのものがよく書けたな、と私は感心した。

ヒロインは末摘花《すえつむはな》だ。劇中においてはさすがにブスという言葉は使われないが、まあ、言わずと知れたブスのヒロインだ。『源氏物語』の中で唯一こっぴどく容姿をこき下ろされる女性キャラクターだ。

私は、大学時代に平安文学を専攻しており、卒業論文のタイトルは「『源氏物語』浮舟論」だった。『源氏物語』がもともと好きなのだが、特に興味がないという人でも、日本の中学や高校に通った人だったら、『源氏物語』にさらりとは触れているだろうから、ブスのヒロイン、と聞いて、「はい、はい、あのキャラね」となる人も多いだろう。

平安時代では、高貴な人は顔を簡単に他人に見せないので、相手の顔を知らずに恋が始まることも多い。噂だけで恋い焦がれて、夜にこっそり忍び込んでセックスしたあと、朝日に照らされた顔を見て、「こんな顔だったのか」となるわけだ。

末摘花の場合も、容姿を知られるのがかなり遅い。源氏とセックスして、周囲の人々の公認となったあと、源氏に顔や服装を見られる。源氏は、赤い鼻や長い顔にびっくりし、クロテンの毛皮を羽織っているような古いファッションセンスにがっかりする。とはいえ、源氏は稀代《きたい》のモテ男なので、思ったことをその場でそのまま相手に言うような失礼なことはしないし、セックスしたからにはたとえ相手がブスでも関係をなかったことにはせずに「ずっとお世話をします」と誠実ぶるわけだが、自宅に帰ったあと、当時はまだ子どもだった紫の上を相手に、自分の鼻を赤く塗って見せて、「こういう女の人がいるんだよー。もし、オレの鼻が赤かったらどうする?」という具合にふざける。

ここまでが「末摘花」の巻のストーリーだ。

「蓬生」では、それからしばらくしたあとの、貧乏な末摘花の暮らしが描かれる。そもそも、源氏は噂の中の「親を亡くして零落した姫君」という高貴で儚《はかな》げなイメージに惹《ひ》かれたわけで、「末摘花」の巻で登場したときから困窮していた末摘花なのだが、「蓬生」ではさらに生活が行き詰まっていく。この時期、源氏はスキャンダルにより須磨《すま》に飛ばされてしまっており、当初は「ずっとお世話をします」と言っていたのに、すっかり忘れてしまったようだ。でも、末摘花は「忘れられた」なんて思わない。「絶対に戻ってくる」とひたすら源氏を信じ続けて待つ。使用人たちがいるので、家を維持するにはトップである末摘花がみんなのために金の算段をしなければならない。平安時代では、男性の援助を受ける他にはなかなか女性が金を得る方法はない。だから、源氏が戻ってくるように手紙を書くなり魅力を作るなり努力をするのが最善の策だと使用人たちは考えている。あるいは、他の男性を見つける努力もできるかもしれない。あとは、家を捨てて、他の家の女房になるかだ。

しかし、末摘花は何も選択しない。なんの努力もしない。ただ、源氏を信じるのみだ。

ちなみに、『しんしゃく源氏物語』の劇中に、源氏は一切登場しない。

宰相、侍従、少将、左近、右近といった使用人たち、それから、叔母、そして、末摘花、登場人物七人、すべて女性キャラクターだ。

こんな苦しい生活はとても続けられない、と、こっそり家を出ていき、他の家の女房の口を見つける右近。もう夢を見るのをやめて努力してください、と末摘花に詰め寄る宰相。末摘花を自分の家の女房にして自尊心を高めようとする叔母。

まるでブラック企業を誰が最初に辞めるか、という現代の話のようだ。

「源氏を信じる」という末摘花の夢で劇が成り立っており、夢が末摘花を幸せにしている、と読み取ることもできると思う。

でも、私は夢にグッときたわけではなかった。

私はラストで涙が出て、スタンディングオベーションもしたのだが、では、何にグッときたのだろう。

どうも、人間関係に感動した気がする。

恋愛相手とだけでなく、人間はたくさんの人と繋《つな》がっているのだ。

男性から愛されるか愛されないか、ごはんを食べられるか食べられないか、それだけが女性の幸せの基準ではない。

淡い人間関係が複雑に絡んでいること、それ自体が面白い。いろいろなキャラクターたちからやいのやいの言われるのは、とても楽しいことだ。

仕事相手、友人、姉妹的な人、そういった人たちとの変な関係。ちょっとしたことで離れ離れになる、儚い、蜘蛛《くも》の糸で繋《つな》がっている程度の関係かもしれないが、一瞬でもそういう網目の中で過ごせたというのは、幸せなことではないだろうか？

それと、この劇で描かれている「女性だけで作られた関係」が、決して「女性特有の」「どろどろの」などというよく言われがちな関係ではなく、すべてのキャラクターを男性に変更しても、女性と男性の混合にしても、成り立ちそうだ、ということも私は感じて、嬉しくなったのだ。

第五回、第七回と恋愛や結婚について書いたが、もしかしたら恋愛は相手の愛を得ることが最終目標ではないのかもしれない。女は、「男から、一番に愛されること」を目指して生きているのではない。むしろ、「淡い複雑な関係を副次的に産み出すために恋愛をしている」とは考えられないか。

『源氏物語』は文学研究においても、「女性の幸せとは何か?」ということがよく問題になる。

登場人物がものすごく多く、巻によって暫定ヒロインが変わる『源氏物語』だが、第一部、第二部を通してのメインヒロインは紫の上だ。容姿も性格も優れている、いわゆる美人だ。源氏が、「初恋相手の継母に似ている」という理由で子ども時代に引き取り、理想の女性に育て上げ、最愛の人として生涯かけて大事にする重要キャラクターだ。

しかし、この紫の上に対し、「女三宮《おんなさんのみや》降嫁によって最終的には幸せになれなかった」と指摘する研究者は多い。源氏はおじさんになってから、高貴な生まれの人と関わりたいという欲が出たのか、若い女に興味が湧いたのか、女三宮を正妻に迎える。女三宮は天皇の娘なので、紫の上が一番の座から降ろされた形になった、世間から見ると紫の上が大事にされている感じが弱まった、それは紫の上の最大の不幸だ、と研究者は見るわけだ。

また、「子どもに恵まれていないことが紫の上に影を落としている」とする研究者も多い。ヒロインが子どもを産まないことに意味を見出そうとする愚者だ。「不幸なキャラクターだから子どもを産まない」という「女の運命」に意味を持たせるストーリーに見立てたがる。

でも、こういう幸せや不幸せの判断に、私は異議を唱えたい。「一番に愛されない」「子どもを産まない」ということを女性の不幸とするのは、男性側の「そういう風に女性を定義したい」という欲求がなせるわざではないだろうか。

ところで、現実においても多くのブスが、末摘花と同じく、一番にはなれない。「紫の上は幸せではない」と言いたがる研究者たちなのに、「末摘花は幸せ」「最後は源氏に思い出されて世話をされ、金に困らなくなるので、末摘花の物語はハッピーエンドだ」という考えの研究者は多い。末摘花も一番には愛されないし、子どもも産まないのだが、「ブスにしては幸せ」という、ブス差別から思考しているのだろう。

社会はブスを消そうとしない。後ろの方の順番にブスを置きたがる。「後ろの方の順番にしては幸せだ」という見方をしたがる。

アイドルに選挙をさせて、一番、二番と順位付けしたがる人がいるが、「一番になりたいから、応援してね」「他の子じゃなくて、私を一番にしてね」と言われると嬉しい、という感情があるのだと思う。

でも、実際には、「自分は何番でもいいよ。それより、みんなで仲良く仕事をしたいよね」というのが本音であるアイドルの方が多いのではないか。

つまり、一般的に広がる男性的な欲求は、「美人から、『あなたに一番に愛されたい』『あなたの子どもを産みたい』と願われたい。そして、ブスからは、『私みたいなブスに、ごはんを奢《おご》ってくれるなんて、それだけで嬉しい』『一番じゃなくてもいいの。あなたに、ちょっとでも思い出してもらうだけで幸せになれるの』と言われたい」というものなのではないか。それが「『古い男性』的な夢」であり、それを押しつけられて染まってしまった女性もいるかもしれない。

でも、大抵の場合は、美人もブスも、そんなことは考えていない。

美人もブスも、順番を競うより、同僚と仲良くしたり、仕事を頑張ったりしたい。仕事相手や、友人や、姉妹的な人と淡い交流をして幸せを感じる。自分なりの愛し方を見つけて、男を思って幸福になる。

男から愛されるかどうか、子どもに恵まれるかどうか、他の女を押しのけて一番になれるかどうかなんて、本当はどうだっていいのだ。そんなことで幸せになったり不幸になったりしないのだ。

第九回 『シラノ・ド・ベルジュラック』における友情

好きな人ができたとしても、一番に愛されなくてもいいし、子どもを産まなくてもいい、ということを前回に書いた。

私はもうひとつ書きたい。異性との付き合い（同性愛者の方の場合は「同性との付き合い」だ。この後の文章もそう置き換えて読んでいただきたい）は、恋人同士になることだけが成功ではない。友だちもいいものだ、ということだ。

「ブスは異性が苦手」「ブスは異性と関わりがない」というイメージが世間に蔓延している。

しかし、異性と関わるとき、必ずしも恋愛の雰囲気が漂うものではない。学校で共同作業をする仲間、会社のプロジェクトに一緒に取り組む同僚、仕事や人生を教えてくれる先輩、慕ってくれる後輩、様々な異性と私たちは日々出会い、関係を築いている。

昔は、男女別学や、性別によって労働を分ける、といったことが盛んに行われていたので、異性と接点のある貴重なシーンではどうしても恋愛の方向に流れがちだったのだろうと推測する。

でも、現代では、異性と会うシーンがたくさんあり、仕事の場面に恋愛を持ち込むことを極力避けるようになったので（セクハラになるということもある）、仕事仲間、友だちといった関係性を極めること、異性とのフラットな付き合いをすることができるようになった。

もしかしたら、あなたは、「たとえ、仕事仲間や友だちといった関係でも、ブスはイケメンから嫌われるはずだ」という思い込みを持っているかもしれない。

しかし、私の経験上、イケメンはブスを避けない。「恋愛相手として見てください」と寄っていった場合に避けられることはあるだろうが、「一緒に仕事をしましょう」「○○について、教えてください」「△△のこと、教えてあげられるかも」「友だちとして、みんなでわいわい遊ぼう」といった具合に近づいたときに、「ブスだから嫌だ」と避けてくるイケメンは、いるとしても少数派だと思う。もちろん、美人がブス（男のブス）と仕事仲間や友だちとして仲良くしたがらないということもない。イケメンも美人も、新しい世界を見せてくれるブスを求めている。

みんな、常に恋愛のことを考えているわけではないのだ（中には恋愛モードになっていて、日々、恋の相手のことしか考えていない人もいるかもしれないが、やはり少数派だろう）。新しいことを知りたい、もっと勉強したい、仕事を頑張りたい、知らない世界へ行ってみたい、といった欲望を持って生きている人が世の大半を占めている。新しい扉が開きそうなときに、「ブスだから」といった理由で相手を拒絶して、機会を減らそうと思う人は滅多にいないのだ。イケメンなんて特に、プライベートで恋愛相手と出会える確率が高い世界を生きているのだから、仕事や勉強のシーンで出会う人みんなを「恋愛相手として見られるかどうか、常に吟味しよう」なんて力んでいない（もちろん、そういう場で何かのきっかけがあって恋愛へ発展する場合もあるだろうが、「出会う異性のすべてを、恋愛対象として見られるかどうか判断していきたい」という焦りはイケメンにはないと思う）。

だから、「自分はブスだ」「モテない」という理由で「世界の半分の人間との交流ができない」とあきらめる必要はない。友だちとしてなら、いくらでも付き合える。

そして、もうひとつ、恋愛感情が混じっている場合でも友情は成り立つ、ということを書き添えておきたい。たとえ片思いでも、あるいは両思いでも、友人として付き合うことはできる。

ときどき、「『男女の友情はある』とは考えられない。恋愛の雰囲気をまったく出さないのは難しい」といった声を耳にする。

しかし、私は、片思いや両思いやエロが混じった友情もあると考えている。

恋愛の雰囲気のまったくない友情もあるだろうが、少し漂っている友情もある。

同性同士の友情でも、「独占したい。他の子と仲良くしているところを見るとモヤモヤする」だとか、「飲みの場において、ノリで、キスしちゃった」だとかということはある。つまり、そもそも友情というのは、純粋なものではないのだ。
好きな人と、友だちになってもいい。

ここで、『シラノ・ド・ベルジュラック』の話を出したい。大恋愛を描いた戯曲だ。
未読の人には悪いが、このあとに書きたいことを説明する都合で、あらすじを綴らせてもらう。

シラノは、鼻が大きくて醜い顔をしている。詩人であり、哲学者であり、軍人であり、才気溢《あふ》れるシラノだが、容姿だけは恵まれなかった。そんなシラノが、美人のロクサーヌに恋をする。でも、自分のブスな顔がロクサーヌのような美しい人から愛されるなんて思えないので、気持ちを伝える勇気は出ない。そこに、クリスチャンという美男が登場する。クリスチャンはシラノと同じ青年隊に属する、軍人だ。シラノは詩人としての才能がずば抜けているので、ロクサーヌがイケメンのクリスチャンを気にかけていることを知り、さらにクリスチャンも美人のロクサーヌを好いているとわかると、お似合いだと考え、詩心のないクリスチャンのラブレターを代筆してその恋を応援する。クリスチャンがバルコニーで愛を打ち明けるシーンでは、シラノは下に隠れて代わりに愛の言葉を語る。

案の定、言葉にうっとりとしたロクサーヌはクリスチャンを恋の相手として定める。言葉に惚《ほ》れているわけで、ロクサーヌはシラノの方を愛しているとも読み取れるのだが、ロクサーヌはクリスチャンが類い稀《まれ》な言語センスの持ち主だと信じ切っているので、クリスチャンひとりを見つめている。クリスチャンが戦場へ行けば、慰問に出かけ、愛し抜く。シラノは代筆を続けて、戦場からラブレターを毎日送る。クリスチャンは好青年なので、ロクサーヌが顔ではなく言葉に惚れているとわかると、思い悩む。

そのあと、クリスチャンは戦死してしまうのだ。戦死してしまったら、もうシラノはロクサーヌに真実を打ち明けることはできない。シラノは騎士道を何よりも重んじる男だ。口は堅い。

ロクサーヌはクリスチャンを偲《しの》んで修道院で十五年を過ごし、シラノは毎週土曜日に修道院に出かけ、一緒にお茶を飲んだ。いわば、「お茶飲み友だち」として十五年を過ごした。十五年後に、シラノは敵対する者から狙われて瀕死《ひんし》の状態になる。そのときになってやっと、ロクサーヌはラブレターの書き手や、バルコニーでの声の持ち主がシラノであることを推察する。シラノも打ち明ける。そして、シラノは死ぬ。

私はこの作品が大好きなのだが、完璧に恋愛の話なので、「友情の素晴らしさ」を説くために引用するのはどうなのか、と思う人もいるだろう。しかし、私がたまらなく好きなのは、戯曲にはほとんど書かれていない、空白の十五年間のところなのだ。

二人の間には、恋愛感情があり、最期の瞬間には気持ちが通じ合う。でも、それはどうでも良いことのように私には思える。

恋のいざこざの時間よりもずっと長い、十五年という時間を二人は「お茶飲み友だち」として静かに過ごしたのだ。

それが、ものすごく尊いもののように私には感じられる。

ここで、こと切れる直前のシラノのセリフを引用したい。

ロクサーヌは「お茶飲み友だち」として過ごしてしまったことを悔やむのだが、シラノは「お茶飲み友だち」を肯定するのだ。

わたしは女の優しさというものを知らずに来た。母はわたしを
醜い子だと思っていた。妹もいなかった。
成人してからは、恋しい女の嘲《あざけ》りの目が怖かった。
あなたがおられたお蔭で、せめて女の友達を、わたしは得た。
わたしの人生に、あなたのお蔭で、女の衣擦れの音が聞こえたのです。
（ロスタン　渡辺守章訳『シラノ・ド・ベルジュラック』光文社古典新訳文庫）

シラノは、おそらく童貞だ。顔に引け目を感じて、恋に勇気を出すことがなく、異性との接触を避けた。ロクサーヌだけでなく、他の女性とも深く交わることをしない人生を生きた。でも、スカートの裾が揺れる音は耳にしたのだ。

そうだ。恋人同士にならなくてもいい。

素晴らしい人生だ。

恋愛対象の性別を持つ人たちとの関わりを、恋人になることを最上のこととして行わなくても構わない。

友だちでもいいし、服の裾が揺れるのを耳にするぐらいの距離感で接してもいいのだ。

第十回　アイドル総選挙

ここ数年、アイドルグループが総選挙というものを行っている。客に金を使って投票させて、アイドルの人気順位を作り、応援の気持ちを煽《あお》る商法だ。

確かに面白い。需要があるのはよくわかる。「一番になりたいので、私に投票してください」と懇願されたい。「あの子に負けて、悔しいです」と顔をゆがめさせたい。こちらは、そのアイドルの人間力や容姿を評価する立場、つまり、そのアイドルよりも上の立場に立つことができ、そのアイドルを見下ろすことができる。支配欲が満たされる。応援している側は、自身の人間力や容姿を気にすることなく、金だけでアイドルと関係を築ける。

アイドルは、顔がすべてではない。おそらく、そこがファンの心をくすぐっている。「君は世の中の全員にウケるような美人ではないけれど、オレ（私）だけは君のかわいらしさを評価できるよ」といったことを言いたい人がたくさんいる。「顔のかわいさだけじゃない、女性の魅力の多様な評価方法を僕は知っているんだよ」と上から喋りたい知識人が大勢いる。ただ、美人というほどではないとしても、大概のアイドルがかわいく、ブスはいない。「ほんのちょっと美人に足りない」ぐらいの子を見つけて、ああだこうだ言いたいようだ。

私もアイドルという存在は好きだ。「元気をもらえる」「応援するのが楽しい」と思わせてくれる稀有な存在だ。でも、ここまでの文の雰囲気を感じてもらったらバレバレだと思うが、私は総選挙には反対だ。

総選挙は廃止すべきだ、と私は思っている。いくら面白くても、子どもに対する大人の姿勢として、人倫に悖《もと》る。この意見は数年前にも書いたことがある。すると、アイドル本人から「私たちは、やらされているわけではなくて、好きでやっている。自分から総選挙に参加している」といった反論を聞いた。そりゃあ、アイドル本人は、やらされているとは思っていないだろう。世の中の社畜や、変な商法に騙《だま》されている客の多くが、「やらされている」なんて思っていない。自分が好きでやっていて、これのおかげで生きがいを感じている、と思っている。

私が特にひっかかるのは、アイドルには中学生や高校生の子が多くいることだ。

キャバクラなどの人気投票だったら、まだ理解できる。キャバ嬢は一応は大人であり、「性的な魅力を評価してもらう仕事をしている」という意識を持っているだろう。客も、「騙されることを楽しもう」という気持ちで臨んでいるだろう。でも、アイドルの場合は、アイドル側も客側も、意識をちゃんと持てていない。

総選挙は女性のアイドルグループで行っている。一方で、男性のアイドルグループの人気投票というのはほとんど見かけない（男性グループのファンは、「誰が一番か」ということよりも、むしろ、「誰と誰が仲良しか」「この子とこの子の仲良し度合いを見たい」といった、組み合わせの妙を楽しむファンが多いようだ）。

ここで、リアルに想像してみて欲しいのだが、もしも、中学生や高校生の男の子が属しているグループに対して、三十代や四十代の女性客が、「あの子はかっこいいから投資してあげたい」「あの子はそんなにかっこよくはないけれど、笑いが取れるから評価してあげたい」などと言って人気投票を行っていたとしたら、どうだろうか？「子どもの性的魅力に対して大人があれこれ言うのは変だ」という感じがしないだろうか？

日本は、少女を大人扱いしすぎだと思う。

少年のことは子どもだと認識しているのに、少女のことは大人だと勘違いしている。

日本では、「男はバカだ」「男は駄目だ」といったことが大人に対してもよく言われていて（もちろん、私はこういうセリフが嫌いだ）、「男子高生はガキ」「男子中学生はまだまだ子ども」といった少年向けの言葉もたくさん耳にする。

その一方、「女性は頭がいい」「女性はしっかりしている」といったことがさかんに言われ、「少女は早く大人になる」「女の子は男の子よりも成長が早い」といった少女向けの言葉が溢《あふ》れる。マンガなどでも、小学五年生くらいから「お母さんの代わり」ができる設定になっているものをよく見かける。家事を行ったり、「お父さんたら、駄目でしょ」「お兄ちゃん、しっかりしてよ」などと父親や兄を叱ったりする。

おそらく、「男性は仕事をしたら大人。女性は生理が来たら大人」という間違った概念が世間に蔓延しているのだろう。

精通があったからといって大人にはならないのと同じように、生理によって大人になることはない。女性から見た男の子が性的に魅力を持ったからといって、その子が大人にはならないのと同じく、男性から見た女の子が性的に魅力を持ったかどうかは、大人になる基準にはならない。

だが、性的な魅力のある女の子は大人の男性とも普通に会話できると思われがちだ。女性は十代前半から大人と渡り合える、と誤解されている。

そういうわけで、まあ、十八歳以上に対してなら総選挙のようなものも仕方ないのかな、とは思えるのだが、それでも、二十二歳ぐらいまでの若い人に対しては性的魅力を評価することに慎重になった方がいい、と私は考えている。

たとえば、女子大生と三十代四十代のサラリーマンのカップル、といった人たちをときおり見かける。若い女性に対して、大人の男性側が、「相手の方がしっかりしている」「僕の方が怒られている」なんてことを言う。それはもちろん問題ではないし、本当のことなのだろうと思うのだが、女子大生は、男子大生と同じく、大人同士が築くのと同じような人間関係を築くのはまだ難しい。そのことは知っておいた方がいい。そして、男性と同じように、二十代後半、三十代、……と成長するに従ってどんどん価値観が変わっていく。相手の成長を受け止めて、関係性を変えながら付き合っていく覚悟が必要だ。それから、二十代前半くらいまでは、女性も男性と同じように、性的な行動を取るときに冷静な判断を下せないことが多い。性的に傷つけられた場合、PTSDなどにより、生涯苦しむ。大人側は配慮して付き合わなければならない。

女子小学生も女子中学生も女子高生も女子大生も、男子小学生や男子中学生や男子高生や男子大生と同じように、バカでガキだ。

まだ成長の途中で、繊細で不安定だ。

このぐらいの年齢の時期に、「私は、胸に魅力がないから、後ろを向いてお尻の角度がかわいく見えるように写真を撮ってもらおう」だとか、「私は、あんまりかわいくないから、面白いことを言って、キャラ立ちしよう」だとかといったことを考えさせられることが、アイドルにとってもにとってもプラスになるとは思えない。

何よりまずいのは、「私は、他の子たちに比べて太っているから、痩せよう」と思わせることだ。

私自身、十代後半から二十代前半の頃に、摂食障害を患った経験がある（いわゆる、過食嘔《おう》吐《と》だ）。だから、危険を強く感じる。

もちろん、ダイエットがうまくできる中学生や高校生の子もいる。でも、失敗する子も大勢いるのだ。

知識や精神力がまだ足りない上に、第二次性徴によってそれまでとは違う個性を持つことになる子もいる（生理による体調や食欲の変化や、ＰＭＳなどの障害を持つ子もいる）ので、十代のダイエットは危険がいっぱいだ。中には、ダイエットが得意で、ダイエットをすることによって人生が上向きになる子も確かにいる。でも、みんながみんな、その子みたいになれるわけではない。

ダイエットや化粧や髪型を変えるといったことをしたことがない人は、アイドルの容姿の変化に際して「整形した」とすぐに言いたがるが、整形しなくても、容姿の印象はダイエットや化粧や髪型で驚くほど変わる。だから、ダイエットに成功した子が、「あなたもダイエット頑張りなよ。かわいくなれるよ」とアドヴァイスしたくなるのはよくわかる。

数年前に、アイドルグループの先輩格の人が、いわゆる「ドラフト会議」のような企画の際、新人の子を自分のグループに迎えるにあたって、「三キロ痩せて」とダイエットを勧めているのを見かけた。

その先輩格の人は自身がダイエットに成功しており、とてもかわいくなったので、厚意でアドヴァイスをしたのに違いない。でも、みんながみんな、その人のような努力ができるわけではない。体質も性格も違う。

十代の子に対するダイエットの勧めはリスクが高い。

「三キロ」はほんのちょっとだ。でも、そのほんのちょっとのことがうまくできなくてつまずいて、病気にかかり、気持ちや食欲がコントロールできなくなることもある。

総選挙によって、ダイエットを意識するアイドルは多いのではないか。また、総選挙を見て「ダイエットをしなくちゃ」と思う若い女の子がたくさんいるのではないか。

容姿差別は、区分けというよりも順位付けだということは前にも書いた。

総選挙は決して容姿の順位を決めるものではないだろうが、それでも容姿を磨くアイドルや、それを見て真似する女の子はどんどん増える。

「顔じゃない。女性の魅力は他にもあるよ。僕だけが君の魅力を見つけたよ」と言いたがる知識人も、私には同じ穴のムジナに見える。「顔じゃない」と言ってあなたが応援しているその子は、どう見たってかわいい。子どもと言っていいほど若い人を、性的な魅力で順位付けすることを、大人が行っていいのかなー？

第十一回　自信を持つには

この本の頭に、「タイトルに反して、『自信の持ち方』の指南はしません」と書いてしまった私だが、最近、「自信を持つには、こういうことをしていけばいいのかもなあ」と思い当たった。それで、今回は、いわゆる「自信の持ち方」について、改めて考察してみたい。

つい先日、ゆんころという愛称で親しまれているモデルの小原優花《おばらゆうか》さんのインタビュー記事を読んで、感銘を受けた。私はゆんころさんという方をこの記事で初めて知ったのだが、ギャル雑誌で十代の頃にデビューした、人気モデルさんらしい。当時はものすごく痩せていたようなのだが、二十代後半からジムに通い始めて、今は「筋肉美女」となり、フィットネス大会での優勝も果たしたという。

痩せていた頃も、筋トレをするようになったあとも、周囲からは賛否両論で、バッシングの声も大きく聞こえたようだ。

ゆんころさんは過去を思い起こして、このように語っている。

「(ギャルモデルをしていた頃は)マイナスな部分を隠さなくては、とプレッシャーを感じ、『本当の自分を見せてしまったら、人から嫌われるんじゃないか……』と、怯えていたんです。でも、いくらエステに行っても、着飾っても、自分の表裏のギャップは埋められません。それが、大会という目標に向けて筋トレやフィットネスを頑張るようになってからは、『これだけ努力したから大丈夫』という自信になり、内面の葛藤もたいしたことではないと思えるようになりました」

「(筋トレを始めた頃は)まだフィットネスのブームが来る前だったので、『気持ち悪い』とか『どこを目指しているのかわからない』とか、もう散々……。でも、自分が好きなことをしているから、何を言われても気にならないんですよ。『もうやめよう』とは、一切考えませんでした。『好き』は、無敵。大きなエネルギーになるんです。埋められない自信のピースは、自分で埋めなくちゃ、と思います」

(小原優花「体重31kg。階段も上れないガリガリのギャルモデルだった」『eltha』オリコン)

ここで、野球選手のイチローさんの小学生時代の作文を思い出した。

ぼくの夢は、一流のプロ野球選手になることです。そのためには、中学、高校で全国大会へ出て、活躍しなければなりません。活躍できるようになるには、練習が必要です。ぼくは、その練習にはじしんがあります。ぼくは3歳の時から練習を始めています。3歳—7歳までは半年位やっていましたが、3年生の時から今までは、365日中、360日は、はげしい練習をやっています。だから一週間中、友達と遊べる時間は、5時間—6時間の間です。そんなに、練習をやっているんだから、必ずプロ野球の選手になれると思います。

（鈴木一朗「夢」佐藤健『新編　イチロー物語』中央公論新社）

また、村上春樹さんが、朝四時に起きて、決めた原稿量を執筆し、もっと書きたくても決めていた分を書き終えたらやめ、午後には適度な運動をして、規則正しく仕事をしている、というのは有名な話だ。

以前、読者との交流で、「心の中で批判や中傷をどうやり過ごしていますか？」という質問があったときに、村上さんはこのように答えていた。

こんなことを言うとあるいはまた馬鹿にされるかもしれませんが、規則正しく生活し、規則正しく仕事をしていると、たいていのものごとはやり過ごすことができます。誉められても けなされても、好かれても嫌われても、敬われても馬鹿にされても、規則正しさがすべてをうまく平準化していってくれます。本当ですよ。

（村上春樹『村上さんのところ』新潮社）

様々な分野で活躍するいろいろな人たちが、規則正しく小さな努力を重ねているみたいだ。

「自分の好きなことを見つけ、毎日行うことができる適切な量の目標を設定し、それをひたすら続けて、自信を持つ」ということをしている偉大な人が世界にたくさんいるらしい。

批判やバッシングで付けられた傷は、批判やバッシングがなくなったときに治るわけではない。他人からの賞賛や拍手によって回復できるわけでもない。

おそらく、自分の行った努力だけが、自分を助けてくれる。

自分が目標を定め、自分が努力をして、それを自分が認識したときに治る。

自分だけが、自分の自信を回復できるのだ。


だが、私がこのことに気がついたのは、ごく最近だ。

昔の私は、「自信とは、何かを達成したり、周囲から評価されたりしたときに湧いてくるものだ」と誤解していた。

私は作家デビューをしたあと、自作に対するバッシングの声がたくさん聞こえるようになった。

作家としてなかなか自信が湧いてこない。けれども、「十冊書籍を刊行したら」「ヒット作が書けたら」「賞をもらえたら」「目上の作家の方から、褒めてもらえたら」……、自信が湧いてくるのではないか、そんなことを夢想していた。

しかし、全然そうではなかったのだ。

本はなかなか売れず、賞の候補に何度も挙げられては落とされて疲れ切った。

スランプになり、三年ほどの間、本を出すのが怖い、なかなか書けない、パソコンに向かうと涙がだらだら出てくる、という状態が続いた。

スランプの終わりは、流産をして、そのあとすぐに父が死んだときだった。

がんで入院中の、死ぬ直前の父に、「入院費などは私が払える。作家の仕事で稼げているから」という話の流れで、

「私は文学賞ももらわなかったし、あまり評価されてはいないけれども……」

と自分の仕事の話を漏らしたことがあった。

「こつこつやるだけでいいんだよ。賞はもらわなくていい」

父は簡潔に言った。

病床の父は、自身でも死が近づいていることを知っていただろうに、新聞を毎日読み、新しい言葉に出会うと震える字でノートに書き写していた。がんを患って不本意ながら退職し、もう新しい言葉を覚えたところで仕事に役立つ日が来るわけではないのに、死ぬぎりぎりの日まで、新しい言葉を覚えようとしていた。

数ヶ月後に父が死んだあと、私は吹っ切れて、だんだんと小説が書けるようになってきた。

毎日パソコンに向かえている、そのことが一番重要だと感じられる。ひとりでこつこつやれ

ば、腹の底からふつふつと喜びが湧いてくる。書いている最中がすべてだ。仕事のあとに、本が売れることや、評価されることは、もう目標ではない。

いや、もちろん、もしも売れたり評価されたりしたら嬉しいし、そうなるに越したことはない。だが、「たとえ売れたり評価されたりしたところで自信が持てるわけではない」ということが、どんどんはっきりと理解できるようになってきた。

自信に、周囲の反応や、見返りは関係ない。

「自分で決めたことを、自分が続けている」という感覚が自信に繫《つな》がる。

何かを継続していることで、自信というものは湧いてくる。

だから、目標は持続可能なものがいい。

何かを達成したら努力ができなくなってしまうようだと困る。

そういうわけで、「自信を持つ」という観点から見れば、達成なんてしない方がいい。

評価もされない方がいい。ヘタに評価されると、外野がうるさくなって、心が乱れてしまう。

周りの人を見ていても、「過去の栄光」によって自信を得られている人はいない。むしろ、「過去の栄光」に振り回されたり、周囲からいろいろ期待されたりして、現在の自分に自信が持てなくなることが多いみたいだ。

そして、周囲からの評価は常に変動していて安定することがないので、「周囲の評価」を基準にして自信を持とうとすると、心がぐらぐら揺れ続けることになってしまう。

目標は小さい方がいい。

「続けることができなかった」と自信をなくすことになったら、本末転倒だ。

また、「平日のみ」あるいは「週三回だけ」など、休みの日を設定してゆるやかなルールにすることも大事だろう。

サボってしまったり、失敗したりしても、決して自分を責めることはせず、頭を切り替え、さらに目標を小さくして再開するのがいいと思う。


自分で決めた目標に向かって、自分らしい努力をこつこつやる以外に、生きている間にすべきことはない。


とはいえ、年齢を重ねることでできなくなってくることがあるし、環境の変化もある。何らかの理由で、努力を続けられなくなる日がいつかは来る。

たとえば、先日、母と雑談していたときに、「小学校の校長先生をしていた人が、退職後は、趣味のサークルに入って、ひとりの好々爺《こうこうや》として、過去の仕事に関係なく、趣味を楽しんでいる」という話を聞いた。

反対に「定年退職後も、働いていた頃の地位や経歴を誇りにして生きていこうとする人は、しんどい」という話は、よく世間で耳にする。

件《くだん》の元校長先生は、それをふまえて、新しい扉を開いたのではないか。

もちろん、「過去の栄光」は素晴らしいことだ。現役時代の仕事は宝物だ。

けれども、「自信を持つ」という切り口で見ると、「過去の栄光」は効力を持たないのに違いない。「過去の栄光」を忘れる方が、今の自信には役に立つ。

若い人も、年を重ねた人も、だいたい同じだろう。

今の状況で可能なことを、毎日続けることで、自信が持てる。

流れをまとめると、こういう感じだろうか。

1　好きなことを見つける

2　昨日も、今日も、明日も続けていけるような、小さな目標を設定する

3　こつこつと続けていくうちに自信が湧いてくる

もしも、「好きなことを見つける」のがまだ難しいと感じるのだったら、とりあえずは、「朝は何時に起きる」だとか、「一日一回、三十分間の散歩をする」だとか、続けていけそうな小さな習慣を作って、続けてみるのはどうだろうか？（起きる時間は四時や五時じゃなくて、十時でもお昼でも、自分で決めたのなら何時でもいいと思う）。

まずは、自分で自分をコントロールできている感覚を持てると、自信を持つことへの一歩が

踏み出せるのではないかと思う。

容姿に関する自信がなくて困っている場合でも、容姿に関係のない「好きなことへの、持続的な努力」をすれば、なんとかなるかもしれない。

いじめや誹謗中傷は、本人の成長を願って行われていることではない。いじめの首謀者や、誹謗中傷の執筆者は、ダメージを与えることだけを願って、適当に言葉を発している。だから、こちらが痩せていても「まだ太っている。どうせならもっとダイエットしろ」「ガリガリで気持ち悪い。もっと太れ」という両方の中傷があり、こちらが太っていても「もっと太らないと、キャラ作りできないぞ」「デブは不健康だから、ちゃんと痩せろ」という両方の声が溢《あふ》れる。

「批判の声に応えよう」「駄目だと言われたことを直そう」という素直な努力を返そうとすると、基準がブレブレになるし、誰も責任を取ってくれないし、批判の声は毎日変化するので理解しづらいし、楽しくないから続けられないし、散々な結果になる。

そして、「見返そう」という発想も、自分のためにならないと思う。

ときどき、「自分をブスと言ったいじめっ子を見返すために、同窓会に向けてダイエットして整形をしておしゃれをして美人になる。ブスと言ったいじめっ子が自分に言い寄ってきたら、足蹴《あしげ》にする」といった内容のマンガなどを見かけるが、そんなことをしても、自分の自信には繋《つな》がらない。スカッとするためにそういうことをやってもいいとは思うが、成長には関係しないだろう。

相手を基準にして努力をすることは、自分にとってなんにもならない。自分で作った基準をクリアしなければ、自信は持てないのだ。

「相手なんて、今の自分の自信に関係ない。いじめのことは忘れられないけれど、気にはならない。他にもっと気になることができたから」というレベルに行くことが目標だ。

容姿へのいじめでつらい思いをした場合でも、容姿に関係のない、自分なりの切り口で見つけた目標に向かって努力した方が、解決に向かえるだろう。

小さなことでもこつこつ続けていれば、死なない程度の自信は自然と湧いてくる。

第十二回　他人に努力を強要していいのか？

世の中には、努力によってどうにかなることがある。

たとえば、ダイエットだ。体型が努力で変わる。

それから、整形や、お化粧などで、顔の造作も努力によって変えることができる。

だから、見た目の問題を抱える人の中には、「努力不足」という部分がある人もいる。

私の場合も、ダイエットや整形やお化粧を頑張っていないので、もともとの顔もあるが、「努力不足」の面もある。

この「努力不足」に対する悪口について、今回は考察してみたい。

小学生の頃に、同じクラスの子が、

「『生まれつきの体についての悪口はいけない』とお母さんから言われたけれど、生まれたあとに自分のせいでなったことへの悪口はかまわないんだ。だから、『ブス』っていうのは言っちゃ駄目だけれど、『デブ』は言っていいんだよ」

という理屈を軸に、太めの子に対して「デブ、デブ、デブ」という悪口を放っているのを耳にしたことがある。「デブって教えてあげた方が、本人が自覚できて、これから努力できるから、本人のためになるんだ」というようなセリフも聞いた。

当時、私は傍観者になってしまった。今となっては「いじめだ」とわかるが、そのときは「確かに、生まれつきのことはかわいそうだから触れちゃいけない感じがして、生まれたあとのことは自分で選んでいるから触れても構わない感じがする。でも、やっぱり、デブと言ったらいけないと思う。とはいえ、『ブス』と『デブ』は違うようには感じる……」ということをモヤモヤ考えただけだった。私は、学校でまともに喋れない子どもだったので、たとえそれがいじめだとわかっても止めるまでには高いハードルがあったが、それでも、あのとき、もっと深く考えれば良かった、と後悔している。あれは、いじめだった。あの子は、そんな悪口を一切言われるべきでなかった。

中学生、高校生、大学生、と少しずつ大きくなりながら、「生まれつきの体のことは、たとえ他の人と違っていても、かわいそうではない」というのがわかるようになったし、「先天的なことと後天的なことを分けて考える必要はない」という風にも考えるようになった。

大人になってからは、さすがに「デブ」という安易な悪口を日常生活の中で耳にすることはなくなった。

でも、他人に対して、「生まれつきのことや不運で起こったことに触れてはいけない。しかし、努力でどうにかなることは言っていい」という考え方を持っている人は多いように感じている。「先天的なことについては助け合おう。後天的なことについては助け合わない」という空気に触れることもある。病気や障害や貧困に関して、生まれつきのことなら支援しなければならないが、本人の不注意や努力不足によるものなら、真面目に努力している自分たちの税金を使ってまで支援する必要はない、といった考え方は蔓延している。

自分で選んだこと、自分の努力によってどうにかなることについては、不満を訴えてはいけない、愚痴を言ってはいけない、そして、そのことについて誰かから悪口を言われたら受け入れなくてはいけない、という概念が広く日本で受容されている。「自業自得」「自己責任」といった言葉を度々目にする。

努力は、素敵だ。前回書いたように、自分で決めた目標に向かって、自分で努力をして、それを自分で認識するのは、自己肯定のために必要で、生きる上で大事なことだ。だから、「努力している人」は、それを自分で認識し、自分に誇りに思っておけばいい。周りを見渡して、「努力不足の人」のチェックをする必要はない。他人が努力しているかしていないかによって、自分の努力が肯定されたり否定されたりすることはない。自分だけが自分の努力を知っていればいい。好きで努力しているだけだ、とわきまえておく。他人はまったく関係ない。

自分に集中していれば、他人のことは気にならなくなる。

そもそも、「努力不足の人」は、決して「努力している人」を批判したくて努力不足を選んでいるわけではない。

意思が弱かったり、行動力が足りなかったり、他にもやりたいことがあっていそがしかったりして、同じ努力ができていないだけだ。努力を無価値なものとしたくて、努力しないことを選んでいるわけではない。

だから、「努力している人」は、「努力不足の人」を攻撃する必要も見下す必要もない。

「自分は努力が好きだから、自分に関する努力をしていこう」と考えて、他人の価値観は放っとくのがいい。


確かに、体型が健康的であるに越したことはないし、お化粧などで見た目を感じ良くしてコミュニケーションを円滑にするに越したことはない。

でも、みんながみんな、同じ方向に努力をする社会って、気持ち悪くないだろうか？

同じ努力を強要する空気が満ちている社会って、成熟から遠いのではないか？

努力は、自分で計画を立ててやるから面白いのであって、他人から「こういう努力をしなければ人間として駄目だ」と言われて仕方なくやり始めたら面白くもなんともない。

また、「努力によってどうにかなることがある」と冒頭に書いたが、「努力でどうにかなること」と、「努力でどうにもならないこと」の線引きは、実は難しい。ダイエットに関しても、努力が実ることもあるが、先天的な体質や病気や障害によって難しかったり、生まれたときの家庭環境が大きく影響していたり、様々な要素が絡んで成功するか失敗するかが決まるので、「この人は努力不足」「この人は先天的」ときっぱり分けられるものではない。どうせきっぱり分けられないのなら、線など引かない方が良い。

障害者か、障害者ではないか、というのも、線など引けない。支援の方法を探るシーンで必要となるので、便宜《べんぎ》上の線を国が引いているだけだ。なだらかな違いしかなく、きっぱりとした線は引けない。

「努力をしている人」か「努力不足の人」か、というのも、完璧な努力をしている人など世界中にひとりもいないし、一切の生きる努力を放棄している人もひとりもいないので、ぼんやりとしか分けられない。みんな、ある程度のところまでは行けても、真に理想としている食生活や運動習慣は、実行できていない。逆に、完全に駄目な生活もしていない。

だから、努力の有無や、先天的か後天的か、というようなことで、他人をジャッジする必要はなくて、困っている人がいたらケチケチせずにすぐ助けたらいい。

第十三回　自虐のつもりはない

この「ブスの自信の持ち方」に対し周囲から反応をもらった件について、反駁《はんばく》したい。

1

まず、「『ブス』という言葉を乱発しているからといって、自虐のつもりは毛頭ない」と明らかにしておきたい。

世には「ブスブスブス」と自身を指差し、笑いを取ろうとしたり、同情を引こうとしたりする人もいる。

しかし、私は自虐をしたくて「ブス」と書いているのではなく、「わかりやすい文章を書こう」「『ブス』という言葉をフラットに使える社会を作ろう」として「ブスブスブス」と書いているのだ。

友人知人の中には、私が自分を「ブス」だと言い出したことに困惑している人もいるようだ。

「付き合いづらい」

と思わせたのかもしれない。

世間は、「お互いに、自分の顔を『美人』とも『ブス』とも思わず、『普通の顔』と思っているという体《てい》で会話を進めたい」と望んでいる人で溢《あふ》れている。

聞くところによると、美人の場合は、もっと大変らしい。「美人」という自覚を持っている人は敬遠される。しかし、美人が自分を「ブス」と言ったらそれこそ炎上ものだ。「周りをバカにしているのか？」あるいは、「本音を言わないのか？」と逆上されてしまう。だから、美人は、空気を読んで、謙虚に振る舞い、「自分が美人だということは知らない。でも、ブスだとも思っていない。周りの人の顔をジャッジしていない。とにかく自分を低くして、みんなと仲良くなりたいです」という、薄氷を踏む慎重さで人付き合いをする。顔で注目されるシーンでは、「私の良さは顔だけだから」なんてことを言う謙虚さまでが求められる場合もあるようだ。

ブスには美人ほどの大変さはないが、顔に対する自覚を素直に表すことは、やはり歓迎されない。どんなに顔が悪くても、雑談の中で自分を「ブス」と言ってはいけない、という空気がある。でも、「美人」と言ったらもちろん炎上だ。ブスが自分を「ブスです」と言ったり、「美人です」と言ったりすることが許される場は日常にない。バラエティ番組でツッコミ役のお笑い芸人さんが仕事する場でしか許容されないのだ。日常においてブスが自分をブスと名乗ると、「え？　気を遣わなくちゃいけないの？」「美人だろうがブスだろうが、同じような普通の容姿という体でわいわいやるのが付き合いってものなのに、難しくなっちゃうじゃないの」「友だち付き合いどうしよう……」と思われてしまう。

想像するに、「美人です」や「ブスです」と相手に言わせたくないという人は、容姿というものを重く感じ過ぎているのではないだろうか。

「美人です」と言われると、「人間としての頂点です」と言われているのと同じ気分になるのでは？「ブスです」と言われると、「人間として生きている価値のない、駄目人間です。死にたいです」と言われている気分になるのでは？

しかし、容姿というものは、人間の価値を決定するほどのものではない。

ちなみに、私は「ブスです」と名乗っているが、人間として生きる価値があると感じているし、駄目なところもあるが駄目人間とまでは思わないし、絶対に死にたくない。正直、「ブスだけど、天才です」ぐらいの気持ちで、「ブスです」と言っている。

多角的に人間を見る気がある人なら、「美人です」「ブスです」といったセリフにそこまでぴりぴりしないのではないか。

悪口の文脈ではなく、自虐の文脈でもなく、素敵な文脈の中で、「美人」「ブス」と書いていきたい。もっと軽く、「美人」「ブス」と言ったり書いたりできる社会を作りたい、と私としては思うのだ。

2

このエッセイへの他の反応として、

「たいしてブスではないあなたが自分をブスって言って、本当のブスの人に悪いと思わないのか？」

といったものがある。

聞きたいのだが、「本当のブス」ってなんだろう？

「本当のブス」の定義を誰も知らない。

だから、おそらくこれは、ただの全体主義で、「他にもつらい人がいるときに、自分の話をするな」ということに違いない。

確かに、私よりもずっと大きな悩みを抱えている人はいるだろう。しかし、お腹《なか》が空いているとき、「世界には飢餓《きが》で苦しんでいる人もいるのだから」という理由で、「お腹が空いた」「ごはん食べたい」というセリフを控えるべきだろうか。友人とフットサルなんかで遊んでいて、ひと休みして小腹が減ったとき、「お腹が空いたなあ」とつぶやきたくなっても、ぐっとこらえて、黙るべきなのか。

私の小学生時代は、ノドが渇いても「みんなノドが渇いているんだから、『ノドが渇いた』と言うな」と先生から言われた（今は熱中症が問題になっているからそんなことはないと思うが、昔はなぜか「水を飲むのを我慢させることが教育になる」と思われていた）。軍隊かよ。

みんなが思っていることをなぜ自分が言ってはいけないのか、さっぱり意味がわからなかった。思っていることは、なんでも言っていい。まあ、ＴＰＯはわきまえるにしても、過度な自粛は必要ないし、「どんなシーンでも、世界中の人のことを考えて、常に黙っているべき」ということは絶対にない。たとえ他の人とかぶる意見でも、自分よりもっとうまく喋れる人が他にいる場合でも、自分の思いを伝えていい。

3

それから、またこの連載への別の反応として、

「奥さんが自分をブスなんて言って、だんなさんがかわいそうだ」

「だんなさんは、なんて言っているの？」

といったものがある。

私の夫は書店員で、読書量が多い。性別の問題に関する本も私よりたくさん読んでいるし、知識がある。考えも深い。

夫は、「美しい妻が男の価値を上げる」なんていうくだらない思想を微塵《みじん》も持っていない。私がブスだろうがなんだろうが夫は気にしない。「ブスです」という話を恥ずかしいとは全然思っていない。

（もちろん、私の方は、「収入の高い夫が女の価値を上げる」なんて思想を露ほども持ってい

ない。夫に今よりも収入を上げてもらいたいなんてまったく思わないし、収入の話が恥だという感覚もない。夫の良さが他にあることを、私はよく知っている)。

性別によって長所と思うべきことや短所と思うべきことを規定されるのは心外だ。自分の良さは、性別に関係なく、自分で見つけたい。ブスというのが短所だとしても、たいした短所ではなく、他の分野に自信があれば堂々とできる、ということを私が示したい。

結婚しているからといって、妻役や夫役を担っているわけではない。結婚の数だけ関係性がある。あなたの夫と私の夫を一緒の枠に入れないで欲しい。

そして、夫の方は、私の良さを知っているらしいし、このエッセイも連載時は更新日に毎回読んでくれ、「面白い」と感想を言ってくれた。

4

あとそれから、私は、「自分の顔を客観視できなくて、必要以上に自分をブスと思っている」わけではない。

ちょっと申し訳ないな、と思った反応が、

「私はナオコーラさんに顔が似ているので、私もブスなのかもしれないです」

というものだ。

おそらくだが、私に顔が似ている人は世間に結構いる。そして、その多くはブスではない。

たとえば、妹は私と同じ系統の顔つきだが、私はブスで、妹はかわいい。妹は中学時代から常に彼氏がいて、いつもモテていたし、妹の写真を見せると、多くの人が「かわいい」と言う。おそらく、百人いたら八十人は「かわいい」と言う顔だ。でも、私の写真を見せたら、たぶん逆で、八十人は心の中で「良い容姿ではないな」と思うだろう。

顔立ちが似ていても、一方はブスで、もう一方は美人というのはあり得る。私に似ているからといって、「じゃあ、自分もブスだ」と捉えるのは早計だ。

私は芸能人に顔が似ていると言われることはまったくないのだが、「弟のヨメに似ている」「いとこに似ている」「義理の姉に似ている」といったことをよく言われる。なんとなくわかる。自分でも、「親戚顔」だと思う。それぐらいの範囲の関係性の中にひとつは見かける感じの顔だ。ただ、私はブスだが、その「弟のヨメ」なる人はかわいい可能性があると思う。

（ところで、「他人から『弟のヨメに似ている』と言われたところでなんて返せばいいんだ？」とこれまであまり良い気分でそういうセリフを聞けてなかったのだが、先日、お笑い芸人の阿佐ヶ谷姉妹さんと私とでトークイベントを開いたとき、気づきがあった。

終演後、阿佐ヶ谷姉妹ファンの方々とちょっと雑談できる時間があったので、「阿佐ヶ谷姉妹さんのファンになったきっかけはなんだったのですか？」とお尋ねしたら、「最初は、『顔が友だちに似てる』ってところから入って……」や、「お母さんに顔が似ていたんです」など、「身近な人と顔が似ている」というところから入った方が何人かいらした。もちろん、入口がなんであれ、そのあとにネタやセンスにやられたに違いないのだが、「似ている」というのが良いトンネルになることもあるのか、と私は驚いたのだ。阿佐ヶ谷姉妹さんも「親戚顔」っぽい感じがする。もしかしたら、私も、今後、「弟のヨメに見た目が似ている作家だから、小説を読んでみよう」という人に出会えるかもしれないし、これからは、「似ている」と言われたら、「じゃあ、見慣れた顔というきっかけで好きになってもらおう」ぐらいの気持ちになろう、好意的に捉えよう、と考えを改めた)。

私は、道を尋ねられることが多い。初めての街を旅行しているときでも「郵便局ってどこですか?」など、人から道を聞かれる。想像するに、ラフな「主婦っぽい」服装と、ありがちな顔が、「道聞き」を招いているのではないか。
だから、ブスはブスでも、系統としては周囲によくいる感じの顔なのだと思う。

これまで書いてきた通り、私は日常生活の中では、容姿の理由で生きづらさを強く感じたことはない。街中で指をさされたり、通りすがりの人に暴言を吐かれたり、といった経験がない。他人からは、心の中で「良い顔立ちの人ではないな」「容姿が悪い人だな」ぐらいは思われても、「よくある感じの系統の顔」と分類されてきたのだろうと思う。
だから、「障害」という言葉を私にぴったり当てはめて読者に通じるように書くのは難しいと思っている。

ただ、作家になってから、メディアに顔写真を載せることが度々あって、そのときに壁を感じたり、インターネットにたくさんの誹謗中傷を書かれたり、といった経験をした。これは大げさに書いているのではなく、本当のことだ。時代性や、当時の他の作家たちとの関係、書いている作品のイメージ、インタビューで堂々とし過ぎる感じなどが相まって起こったのだと思う。その結果、仕事のしづらさを強く感じた。当時は若かったこともあり、人間ができていなかった私は傷つき、いろいろと考えた。それで、『ブス』について書けることが私にあるのではないか」「文学者としての仕事があるのではないか」と温めてきて、今、エッセイを書いているのだ。


顔についての悩みを持っている人たちの中には、「鏡を見るのがつらい」「目の形が違ったら良かったのに」「周囲に引け目を感じてしまう」「自分の顔が嫌い」といったことを考えている方もいると思う。

でも、私の場合は、それとは違う。鏡を見て悩んだのではない。インターネットを見て悩んだ。

いじめにおいて、「チビ」と言われた人は、背の低さに苦しんでいるのではなく、暴言に傷ついている。決して、背を伸ばしたいわけではない。低くたっていいじゃないか、と思いつつ、「暴言をやめてもらいたい」「謝罪してもらいたい」と願っている。

同じように、私は顔を変えたくない。ブスだっていいじゃないか、と思っている。私は、自分の顔が好きになれなくて悩んだのではなく、誹謗中傷に悩んだのだ。

その後、その悩みを友人知人に率直に語り始めたとき、「その話はもうするな」「コンプレックスを持っているんだね」「自分でブスと思っているから、そう言われるんだ。自分の考えを変えろ」と話を聞いてもらえず、まるでセカンドレイプに遭っているような気分を味わった。

誹謗中傷をしている人は自由に言葉を発しているのに、なぜ被害を受けた私が口を噤《つぐ》まなくてはならないのか。納得できない。私は、思っていることを言いたいし、書きたい。嫌な文脈の中ではなく、自分らしい文脈の中で「ブス」を使い、「ブス」という言葉を再生させたい。

だから私はこれからも書いてやる。

ブス。

第十四回　骨や死に顔を見るな

がらがらと台車を押してきた職員が、焼けた骨を周りの人に見せる。

「立派なお骨で、たくさん焼け残っています」

よくわからないお世辞に続き、

「こちらは◯◯のお骨、こちらは△△のお骨で……」

喉仏《のどぼとけ》がどうの、鎖骨がどうのと部位の説明をする。

そのあと、遺族は二人ひと組になって箸で骨を拾い、骨のアップを見てから骨壺に収める。

拾いきれなかった分は職員が、テーブルのパンくずを集めるような器具を使ってかき集めてちりとりに載せ、ザザーッと骨壺に流す。たくさんある場合は、

「蓋を閉められませんので……」

と、上からグイグイ押して骨を砕き、全部入れたら蓋をする。

火葬場でよくある光景だ。私の父が死んだときもこんな感じだった。

日本では、ほとんどの人が火葬される。法律で禁じられているわけではないらしいが、自治体の条例で火葬以外の埋葬を禁じられている場合が多いようなので、多くの死者がみんなに骨を見られる。

火葬場の仕事は大変なものだろう、敬服する。私がこれまで接してきた職員の方はみんな礼儀正しく接してくれた。一般的にはこのやり方が遺族の心を一番波立たせないのに違いない。そして、おそらく、私が参列してきた葬儀の死者たちに不満はなかったのではないか、と想像している。

でも、私は自分の骨が恥ずかしい。

私と似た考えの人にはあまり会ったことがない。「ヌードを見せることを恥ずかしがる人は多いのに、なぜ骨なら平気なのか」と私は不思議だが、骨への羞恥心を他人から聞いたことがない。

私としては、そもそも、焼け残るのがなぜ立派なのかわからない。ずっとブスブス言われてきたのに、今さら体についてわけのわからないお世辞を言われたくない。

また、こっちはずっと所在なく生きてきたのに、最後の最後で「骨壺に入りきらない」と存在感を強調されるのも恥ずかしい。骨を砕くときのギシギシいう音も聞かれたくない。「ブスなのにギシギシ言っているんじゃねえよ」と思われはしまいか。

そして、「誰が私の喉仏や鎖骨に興味があるものか」と首を傾《かし》げてしまう。その骨がどの部分か知りたいという欲求を持つ人なんているのだろうか？　夫だって「はあ、そうですか」以外の感想は持たないだろう。

こちとら、「アップで顔を見たくない」とずっと批判されてきたんだ。みんなに骨をアップで見られて平常心でいられるわけがない。

「きれいな骨ですね」とか、「丈夫な骨ですね」とか、そういう「見た目の話」は、もうしないで欲しいんだ。生きている間、ずっと嫌な思いをしてきたんだから。

もっと言えば、葬儀は全体的につらい。死に顔を見ての「きれいなお顔で」というセリフ、遺影を見ての「良い写真がありましたね」というセリフも、私の場合は、そもそもきれいじゃないし、良い写真はないので、気を遣わせたくない。

ここで、「死んでいるのだから、もう何も思いようがない」と指摘する人がいるかもしれない。しかし、法律でも遺体を愚弄することは犯罪とされている。遺体を大事に扱うことが、人間としての尊厳を守ることだと多くの人が認識しているわけだ。戦争や災害などで遺体が見つからないとき、遺族は必死になって探す。見つかった場合、多くの人がほっとするみたいだ。「死んだあとなのだから体はどうでもいい」という考えはほとんどの人が持っていないと思う。

だったら、私の生前の思いも大事にしてもらいたいのだ。私の骨はできるだけ見ないで欲しい。本当は焼かれるのもあれなのだが、波風を立てるのもなんなので、焼いてもらうということで良い。ただ、お世辞や説明は断りたい。焼き上がったら、夫に、できるだけ見ないようにしながらザザーッと数秒で骨壺に流し込んでもらう。入り切らなかったら、普通にゴミとして処理して欲しい(ゴミにするのは犯罪なのだろうか? でも、今だって焼いたあとにカスが全然出ないわけがないし、カスはゴミになっているはずだ)。

小学生の頃は、「屈葬されたい」とよく思っていた。社会の教科書に、古代の人が壺の中で丸まって葬《ほうむ》られている写真が掲載されていた。膝を抱えて小さくなって永遠の眠りにつくなんて理想だ、と夢想した。子どもとしては、大人になるのが怖かったから、胎児に戻るような感覚に憧れがあったのかもしれない。

中学生の頃は、「虎に食べてもらう」ということに憧憬を抱いていた。澁澤龍彥の『高丘親王航海記』は、死んだ高丘親王が虎のいる洞窟に置かれ、虎に食われて腹の中で天竺《てんじく》へ行く物語だった。食物になれるのなら意味のある死に思えてくるし、誰かの腹に入るというのはやはり胎内回帰願望に繫《つな》がるのか、夢を感じた。

数年前、作家友だちとチベットに旅行した。ガイドさんから、「チベットには鳥葬《ちょうそう》がある」と聞いた。私は、「自分も鳥葬がいいなあ」と思った。でも、現代の日本では難しいみたいだ。

四十を目前にした最近では、「他人の手を煩わせるのは申し訳ない」という老人らしい考え方が芽生えてきて、「面倒なことはしてもらわなくていいので、とにかくスッと消えたい」と強く考えるようになった。だから、屈葬や鳥葬はあきらめ、法律に抗うことなく焼いてもらって、スッと片付けてもらいたい。そして、拾ったり、見た目を褒めたりというのは、無駄な手間だと思うので、やらないで欲しいのだ。

もちろん、他の人が骨を見られたり、拾われたりすることに、私は意見を持たない。実際、父の死のときに、私は骨を拾った。「骨を見られたくない。拾われたくない」というのは私個人の感覚であり、おそらく、多くの人にはそんな感覚がない。積極的に、「骨を見られたい」とまでは思わないとしても、「慣例だから、そうしてもらおう」「嫌ではないので、通常のやり方で構わない」「他の家族に、自分の死を認識させ、再出発のきっかけにしてもらいたい」といった感覚の死者が多数派な気がする。父も、そうだったのではないか。

この年になると葬儀に参列する機会もそれなりにあるのだが、故人の本当の思いを汲《く》むことはなかなかできない。でも、遺族の方が、「顔を見てやってください」「骨を拾ってください」等とおっしゃれば、やはり、私は見る。自分の場合は見られたくないが、自分が嫌なことを他の人も嫌がるとは限らない。やはり、見る方が礼儀に適っていると感じられて、お顔を拝む。

だが、私は今、生きているので、死ぬ前に私の思いを書いておきたい。私の場合は、できたら断りたいのだ。私は、「骨や死に顔を見られたくない」という感情を持っている。

　葬儀や戒名なども一切拒否する。お別れ会なども遠慮したい。私は、礼儀がなっていないし、人付き合いも下手で、メールの返信もおそいし、おもてなしもできなかった。気合を入れて開いた結婚式が失敗してから、「もう、この先は一生、自分のためのセレモニーやパーティーを一切行わないことにしよう」と決めた。出版系のパーティーにも縁遠くなり、今後はフォーマルな服を買わないことにしたし、静かにカジュアルに逝きたいのだ。また、私のことが好きな人には、できたら言葉を覚えておいてもらいたく、死に顔を見られたり、遺影を飾られたりして、顔を覚えられているのはつらい。とにかく、顔を見にくることがないよう、どうぞよろしくお願いします。それと、変に気を遣われて、優しいとか明るいとか華やかとか、女性らしい戒名を付けられるのは迷惑なので、筆名で死にます（女性らしいのが苦手なのは、私がノンバイナリージェンダーというものだからではないか、と思っています）。

　そして、香典や花も完全に辞退したい。辞退というか、受取拒否したい。香典の金はご自分の欲しいものに、花の手配などの時間はご自分の仕事に使ってください。文学関係者は、私への気遣いより、今後の日本文学の発展に力を注いでください。何より、夫に「お礼を返す」などの負担をかけたくないので、これを読まれた方は、私が死んだ場合、ぜひご協力をお願いします。死を知ってもリアクションせず、スッと流してください。

死後の連絡は、ほとんどしてもらわない予定だ。先日、「エンディングノート」を書こうとして、「誰に連絡してもらおうかな」と思案したのだが、「私の場合は、必要ないな」と気がついた。

読者の方には、私が死のうが生きようが、作品で会える。実際、世の中には死んだ作家の本が溢《あふ》れているし、作家が生きているか死んでいるかは読解においてたいして問題にならない。

仕事が途中になってしまった場合には、その関係者に夫から謝罪してもらいたいとは思っているのだが、その他の方には、数年後に風の噂で「山崎さんは亡くなったらしいね」と知ってもらったら、十分だ。

私はデビュー後の数年間、周囲の人にちやほやしてもらって、それがスーッと引いて、そののち作家の友人たちの世間での扱われ方を見て、「ああ、以前は賞に縁があると思われていただけだったのか。なるほど、これが世間というものか」としみじみわかった。ほとんどの人が権威に弱く、自分で新しい価値観を作ろうなんて思わないのだな、と悟った。悟ってしまえば、べつに世間は怖くない。みんな、悪い人ではない。

とにかく、私は人付き合いも悪かったし、連絡をする方が礼儀に適うという相手はいないだろう。

友だちにもあまり優しくできなかったし、申し訳ない。

でも、死んだら、全部許してください。私も許します。

そして、死んだあとは嫌だが、死ぬ直前だったら、ボロボロの顔でも、会いに来てくれた人には会おうと思っている。

父の場合は、がんで入院したあと、痩せてボロボロの見た目になったことが気になったみたいで、家族以外にはあまり会いたがらなかった。

その隣で、「私だったら、逆だなあ」と心の中で考えた。

私は、たとえヨボヨボでも、身なりに気遣えない状態でも、人に会うことは苦ではない。

そもそも、私はこのエッセイで書いてきた通り、ブスでも雑誌に載っていいと考えているのだ。三枚目キャラとしてではなく、普通に作家として顔出しをしている。それは、言葉が横に載るからだ。文学について語った言葉を掲載してもらえるから、ときには新作の書影も合わせて印刷してもらえるから、変な顔でも大丈夫だと思っている。「変な顔でも、普通のことを言って構わないのだよ」という姿勢を貫きたい。言葉のない、ただのグラビアページだったら、さすがに自分として仕事を果たせないので、断る（ブスでも写真で表現できることはあるのだろうが、私の場合、写真ではブスの面白さを表現できず、言葉は必須なので）。

だから私は、見た目がどうであれ、ちょっとでも喋れるのなら、会う。相手が何かリアクションをしたら、言葉で返せると思う。言葉を発するのが難しくなっているとしても、ちょっと口角を動かすとか、何かしらはできるかもしれない。相手の言葉に反応して表情を変えれば、言葉のコミュニケーションになる。

とにかく、私は「見た目だけのコミュニケーション」は苦手なのだ。

だから、死んだあと、何も返せない状態で見られるのは嫌だ。

骨や死に顔を見られることを良しとするのは、残された人に「死を認識させる」という死者からの思い遣《や》りなのかもしれないが、じゃあ、私には思い遣りがないということで、身近な人にはあきらめてもらって、それぞれで処理して欲しい。

第十五回　ノンバイナリージェンダー

ブスに関することで悩んでいるのは、女性だけではない。

被害者には男性もいる。

そして、もちろん、加害者は男性とは限らない。

容姿差別には性別の問題が確かに絡んでいるが、それについて語るとき、加害者や被害者を性別でラベリングしたりカテゴライズしたりするのは避けたいものだ。

私は、ブスについてエッセイを書こうと思ったとき、性別ができるだけ想起されない書き方をしたい、性別を限定しない書き方をしたい、ということを思った。

とはいえ、自分の筆力に限界があり、「女性のことを書いている」「男性には読みづらい」という部分もできてしまっているかもしれない。

さらに気を引き締めて、注意しながら書き進めていきたい。

ここで、私が、「自分はノンバイナリージェンダーなんじゃないかな」と思った話を入れておこう。

私は、ノンバイナリージェンダーという言葉を、つい最近知った。『ナショナルジオグラフィック』という雑誌に最近はまっている私は、性別特集の号をめくっていたときに、「ノンバイナリー」という文字に出会い、ハッとしたのだ。性別を表すいろいろな言葉のうちのひとつだ。女性でも男性でもない性別のことだ。二元論で性別を語らない。

私は、これなんじゃないかなあ。

性別の区分けに馴染むことなく、ただの人間として生きていきたい。

子どもの頃、「ランドセルが赤と決められているのがつらいなあ。死にたいほどってわけではないし、我慢できそうな気もするけれど、『女の子は赤』というものを見ていると、馴染《なじ》めない、生きにくい、この世界で自分はやっていけないんじゃないか、大人になれないんじゃないか、という思いがせり上がってくる」「列や名簿が男子と女子で分けられているのが苦しいなあ。みんなはそう感じないのかなあ？」といったことを、言葉ではっきりとは表現できなかったが、ぼんやりと思っていた。

思春期に入った頃から、新聞や本などで性別に関する記事や文章に出会うと、興味深く読むようになった。性別についての違和感に苦しむ人たちのことを知り、自分と似ているように思ったり、少し違うように思ったりした。同性愛者の方と自分は少し違うように思い、性同一性障害の方と自分は少し違うように思い、女性蔑視に苦しんでいる方と自分とは少し違うように感じた。そういうわけで、「自分とまったく同じだ」と感じる記事にはなかなか出会えなかった。ただ、世の中にはいろいろな人がいることがわかってきて、「いろいろな人がいる」ということそれ自体が、救いになった。性別に関すること以外でも、弱者に関する話題、差別問題などに、なぜだか心惹かれた。人種差別や部落問題、障害者に関する話など、系統立てて勉強していないので知識は浅いのだが、どこか自分に関係しているような気がして、文章を見つけるとむさぼり読んだ。当時は友人関係がなかなかうまく築けなくてひとりの時間を過ごしがちで、活字中毒のようになっていたので、図書館などでそういったものをチマチマ見つけて読み耽《ふけ》った。

高校ぐらいからは、夏期講習などの申込書に性別を記入する欄があると、空欄のまま提出するようになった。根性はなかったので、「ちゃんと書け」と返されたら、書き加えて再提出したが、「性別を示す必要はなさそうなシーンだったら、性別を出したくないなあ。性別を出さないって、どこまでだったら許されるのかなあ」ということをよく考えた。通っていた私立高校の修学旅行先が海外だったため、生まれて初めてパスポートの申請をした。パスポートにも性別をはっきりと書かなくてはならなくて、「え？　世の中って、そんなに性別が大事なんだ」とショックを受けたのを覚えている。そして、女性蔑視に苦しむのは多数派らしいが、自分のように区別されること自体につらさを感じるのは少数派らしいというのもだんだんわかってきた。

性別に関する文章で最も頻繁に出会ったのが、「女性の権利を獲得しよう」「女性同士で繋《つな》がろう」といったものだった。もちろん、大事なことだと思う。そのような仕事を先輩女性の方々が行ってくれたおかげで世の中が良くなってきており、私もその恩恵に与《あずか》っているので感謝が湧く。だが、私個人が感じている苦しみは、そこから少しだけずれているようだ。女性の地位の向上、女性同士の連帯、といったことは、他の女性の方々に、ぜひ頑張ってもらいたいのだが、私の仕事ではないのかもしれない。私の仕事は、ほんのちょっとだけ、違うところにある。

どうも、「女性同士で連帯する」ということが、私にとってはハードルが高いようだ。というか、「『女性のみ』という繋《つな》がりには、自分の場合、できるだけ参加したくない」という気持ちがある。

それまでも、学校などで、「女の子同士だから、仲良くなれるね」「同じだね」「同じだね」「似た者同士、助け合おうね」と友情を築くのが、私には難しくて、「なんでなんだろう？　自分はおかしいのだろうか？」「波風立てたくないが、どうしたらいいのだろう？」とよく戸惑っていた。

ただ、誤解しないで欲しいのだが、このような友情の築き方を批判したい気持ちを私はまったく持っていない。「女性同士、仲良くしよう」という形の友情の築き方が得意な人には、ぜひそれを続けてもらいたいのだ。また、現在、私と友だちになってくれている人にも、こういう友情が得意な人がいる。彼女たちに、私は好感を持っている。ただ、自分の場合はそれが不得意なため、戸惑いがちで、自分からは積極的に「同じだね」という言葉は発することができない、というだけのことだ。

また、「女性としての自分に誇りを持とう」「女性らしさを大事にしながら仕事をしよう」といったスローガンも、自分には当てはまらないと感じられて、「自分もそうした方がいいのかな」と考えると元気がなくなってしまう。ここでも、やはり誤解されたくないのだが、「女性としての自分に誇りを持っている人」や「女性らしさを大事にして仕事をしている人」のことを、私は好きだ。そのまま頑張って欲しいと思っている。ただ、自分の場合は、そういう風にしようと考えると、身が縮むような思いがするというか、社会に一歩踏み出すのが怖くなるというか、自分にはもっと自分にぴったりの別の考え方があるんじゃないか、という気がしてくるのだ。

要は、私は「社会的なシーンで『女性』という自覚を持てない」ということなのだと思う。

性の問題というと、「セックス」の問題がまずあるが、私がもっぱら感じているのは「セックス」のことではなくて、「ジェンダー」のことのようだ、というのに、二十代も半ばを過ぎてから、つまり、作家になったあとに気がついた。

性別は、現代社会において、恋愛シーンだけでなく、仕事などの社会的なシーンでも大きく扱われる。レストランに行く、食事やファッションのマナーを守る、公共の場でトイレに入る、何かに申し込む、書類を申請する、新聞に載る、あちらこちらで、性別を問われる。私はどうしてもストレスを感じてしまうし、「自分は、この社会に歓迎されていない」という感覚を味わう。


この感覚はどこから来るのだろう？　どうして自分は社会に馴染めないのだろう？

「育ちが悪かったのか？　育った環境に問題があったのか？」と省みることもできるかもしれない。


だが、私が一番しっくりくるのはこれだ。

「生まれつき」。

たまたま、私はこういう人間として生きることになった。

それだけのことだ、と捉えても良いのではないか。


いや、もちろん、後天的な要素も加わって自分の考えはできているに違いない。でも、「生まれつき」と思ってしまってもいいのではないか。先天的なことや後天的なこと、何やかやでできている自分のことを、とりあえず、「自分はこういう人間だ。自分として生きていく」と腹をくくっていいのではないか。「生まれつき」という言葉は社会に通じやすいから、そう言ってしまいたい。

同性愛は生まれつきであり、同性愛者になったきっかけなど考える必要はまったくない。それは、異性愛が生まれつきで、異性愛者になったきっかけを考える必要がないのと同じだ。それと同じように、ジェンダー、つまり、社会的な性別の感覚も、自分がどうしてこんな風になったのかを省みる必要はないのではないか。

そんなことを考えていた折に、ノンバイナリージェンダーという言葉に出会い、「これだ」と思ったわけだ。

この言葉に出会ってから日が浅いし、たくさんの本を読んだわけではないので、もしかしたら、私の言葉の使い方は間違っている可能性もある。

でも、とりあえず、「ノンバイナリージェンダーという風に自分を考えてもいいのかもしれない」と思い始めたら、気持ちが軽くなったので、思い切って、使うことにした。

ところで、『新潮45』という雑誌の二〇一八年八月号に寄稿された杉田水脈《みお》衆議院議員の「『LGBT』支援の度が過ぎる」という文章が、発表当時話題になった。必要以上のバッシングを受けてつらい思いをしているであろう杉田さんをさらに批判したいという気持ちはないので、もう触れない方がいいのだろうが、今回の話とちょっとだけ繋《つな》がるように感じているので、バッシングのためでなく、ただ私の話を続けるために、少しだけ紹介させてもらいたい。

この文章は、文中にあった「『生産性』がない」というフレーズのみが爆発的に有名になって、執筆者の杉田さんが糾弾されることになった。

衆議院議員が書いた「『生産性』がない」という言葉には大きな力があり、同性愛者の人だけでなく、多くの人が「子どもを産まない自分は社会から『〝生産性〟がない』と捉えられるのだ」と感じて傷つき、また、子どもがいる人も国のために産んだわけではないので反発を覚え、たくさんの抗議が集まった。

しかし、杉田さんを擁護する方々が、「全文を読まずに批判している人がほとんどなのが問題だ」と反駁《はんばく》していた。少部数の雑誌に掲載された文章をきちんと読んだ人は少ないはずだ。『生産性』がない」というフレーズが広まった理由は、ある人が杉田さんを批判する目的で「『生産性』がない」というフレーズを使った短い文章をツイッターに上げたからだ。みんなはそれに則《のっと》って怒っているだけだ。批判をするのなら、元の文章をすべて読んでからにするべきだ。

もっともだ、と私は思った。

このエッセイでも、「文脈が大事だ」ということを度々書いてきた。「ブス」にしたって、「ブス」という言葉が悪いのではなく、悪意のある誰かが変な文脈の中で使うから悪くなるのであり、私が書けば「ブス」も面白くなると私は思っている。

また、私は大学で文学の勉強をしていたときに、「孫引《まごび》き」という言葉を習った。論文を書くために調べ物をしている際、参考文献の中に、その執筆者が引用したさらに興味深い文章に出会うときがある。その場合、「何々という本の中で紹介されている何々という本が……」という書き方で紹介してはいけない、ということだ。参考文献からの引用は問題ないが、引用の引用はいけない。それは「孫引き」と言われ、忌むべき行為となる。必ず原典を探し出し、きちんと読んでから、論ずる。もしも、その本が見つけられず、原典を読めなかった場合は、そのフレーズについて論じてはいけない。

それから、これは一般的なルールではないし、少し話がずれるのだが、私が作家デビューして、初めて書評の依頼をもらったとき、編集者さんから「書評を書くときは、その作者の別作品を、少なくとも三作は読むこと」というアドヴァイスをもらった。ケースバイケースでそれを守ることができない場合もあるが、少なくとも現代作家（且《か》つ、四作以上出している作家）の作品に対していわゆる「書評」を書くとき、三作は読むように努めたいと私は思っている。責任を持って書評を書けないと感じるとき、時間がなくて読めないと感じるときは、事前に仕事を断る。

まあ、そうは言っても、人それぞれ考え方もルールも違うし、だからこそ世の中面白いわけで、「『孫引き』も良し」と考える人がいてもいいのかもしれない。

ともあれ、「人の文章に対してあれこれ言うのは重いことだ」というのはみんなが感じていることなのではないだろうか。

読めるものはできるだけ読んでから論ずるに越したことはない。


そういうわけで、『新潮45』二〇一八年八月号を書店で取り寄せて購入し、『LGBT』支援の度が過ぎる」全文を読んでみた。

読む前は、「世の中に広まっているイメージとまったく違う文章で、拍子抜けするかもしれない」と読後感を想像していたのだが、ページをめくると、生産性云々以上に気になるところがたくさんあって、読み終わったあと、憤りが止まらなくなった。

ちょっとだけ紹介したい。

(でも、私の文章を読んで杉田さんをバッシングするのはやはり「孫引き」になりますので、やめていただけたらと思います。よろしくお願いします)。


最近はリベラルなメディアに「LGBT」の記事が多い、という話から杉田さんは始める。たとえば、この一年間では、朝日新聞では二百六十件、読売新聞では百五十九件あったそうだ。「生きづらさ」を解消するための取り組みだろうが、杉田さんは取り上げる必要はないと思っているようだ。宗教の問題が少ない日本においてはLGBTへの差別があまりないと杉田さんは見ているらしく、自身も差別感情は持っていない、と断言してしまっている（杉田さんの擁護派は、この箇所を読んでもらいたかったのだと思われる。悪意はない、差別していない、ということだろう。しかし、全文を読むと、「差別していない」という本人の思い込みのもとで差別が行われている、と感じられる）。日本に住むLGBTの方の「生きづらさ」は、「社会制度の問題」でなく、親から理解されないといった類の「家族の問題」ではないか、と杉田さんは考える。それなのに、「生産性」のない彼ら彼女らに税金を投入するのはいいことなのか、と、ここで「生産性」という悪魔のフレーズを登場させるのだった。

（多くの人が怒っているわけだが、「生産性」云々のことだけでなく、「日本に差別はない」「家族の問題」と言い切られたことに失望した同性愛者も大勢いるに違いない。実際には、日本に住む多くの人が、社会制度の変革を望み、差別の根絶を求めている）。

その後、

「LGBとTを一緒にするな」

という小見出しを入れ、Tは性同一性障害という障害なのでまだわかるが、LGBは単なる性的嗜好《しこう》だ、という話を始める。杉田さんは中高一貫の女子校を出ているそうで、同性間の疑似恋愛をたくさん見かけたらしいが、「成長するにつれ、みんな男性と恋愛して、普通に結婚していきました」と書く。リベラルなメディアが煽るから同性愛者が増えている、と杉田さんは思っているようだ（つまり、「同性愛者は、メディアが煽らなければ、そのうち異性愛者に変化する」という完全に間違った認識を持ってしまっているのだ。不勉強なだけなのかもしれないが、あまりにも失礼で、不用意な文章だ)。

最近の諸外国では、制服やトイレも自分の認識する性に合ったものを使う流れになってきているがとんでもない、「オーストラリアやニュージーランド、ドイツ、デンマークなどでは、パスポートの性別欄を男性でも女性でもない『X』とすることができます。LGBT先進国のタイでは18種類の性別があると言いますし、SNSのフェイスブック・アメリカ版では58種類の性別が用意されています。もう冗談のようなことが本当に起きているのです」と、実際にそういう性別があるというのに、「冗談」として笑おうとする。


杉田さんは決して悪い人ではなくて、社会のことを真面目に考えた結果、こういう思いになったのだろう。

私は、制服もトイレもパスポートも自分の思う性別にして良いと考えているので、杉田さんとは真逆なのだが、個人的に直接会えば、杉田さんと普通に会話ができるかもしれない。

バッシングはしたくない。

私としても、自分とは違う考えを排除する生き方はしたくないし、杉田さんのような考え方の人とも共存できたらと思う。失礼な言い回しや、差別を感じさせる文章をやめてもらって、違う考えの私たちを尊重してほっといていただき、「決められた性別や制度を大事にする生き方」はそれを好きな人同士のみで続けていただきたい、と願う。

社会は弱者のために存在している、というのは共通の考えだろう。

ただ、杉田さんの場合、「自分たちのグループに属していて、自分たちと同じような努力をしているのに、うまくできないかわいそうな人だけを助けよう」という考え方なのだと思う。

私としては、単純に、「困っている人を助けて、良い社会を作ろう」と考えたい。

「かわいそうな人」ではなく、「困っている人」だ。

思想や、帰属意識や、困った状況に陥った経緯や、努力の有無は、問う必要がない。

困っている人がいたら、助ける。

それだけでいいのではないだろうか?


自分の「生きづらさ」と合わせて杉田さんの文章を読むうちに、私としてはそんな風に思った。

さて、最後に、「同性愛者の方からしたら、私みたいなのはどう見えるんだろう?」と不安になったので、書き添えたい。


私はこれまで、同性愛についての小説や文章を好んで読んできたのだが、それは自分の問題に少し繋《つな》がるような気がしていたからだ。

でも、同性愛者の方からは、「全然違う」と思われるかもしれない。

同性愛者は、何をしようが決して異性愛者にはならない。それは、異性愛者が、何をしようが決して同性愛者にならないのと同じだ。完全なる「生まれつき」だ。そして、人によっては、社会制度の中で、尋常ではないつらさを感じる。

私が、ノンバイナリージェンダーということでなんとなく悩んでいたこととはまったく違う。雲泥の差だ。私は、違和感を抱きながらも、死ぬほどではなかった。大人になって、自分としてはこの感覚を「生まれつき」と捉えたいと考えたが、とはいえ、同性愛が完全に先天的なのと違って、おそらく後天的な要素も大きく関わっている思想だということは否定できない。

それでも、私はやっぱり、「障害者」「健常者」や「先天的」「後天的」といった言葉に明確なラインを引く必要はないのではないか、と考える。

だから、ブスの問題も、カテゴライズをできるだけ避けたい。「女性はみんなブスで悩んでいる」「男性にわかって欲しい」といった書き方をしないように心掛けたい。「女性はみんな悩む」「男性は理解していない」ということはあり得ない。性別に関係なく、人それぞれだ。

第十六回　差別と区別

「差別と区別は違う」というフレーズをよく耳にする。差別をしてはいけないが、区別はしても良い。差別と区別を混同して区別までやめてしまったらうまくいかないことがいろいろ起こるから、区別はしよう……、といった意味合いで使われている。

差別と区別は確かに違う、と私も思う。「差別をできるだけなくそう」という話は、「全員を同じように扱おう」という話ではない。違いを大切にして、別々に扱ったり、相手によって適度な援助をしたり逆に援助を控えたり、それぞれの得意分野を見つけたりする方が、差別的にならず、公正な接し方になる場合も多いだろう。

「差別と区別は違う」。もっともだ。

ただ、このフレーズを頻繁に使用するのは考えものだ、と私は思っている。問題が二つある。

ひとつは、差別と区別の違いは実は複雑で、その違いをきちんと認識するのは多くの人にとってかなり難しい、ということだ。

もうひとつは、世の中には区別自体が苦手な人もいる、ということだ。

まず、「差別と区別の違いをはっきりと認識するのは難しい」という問題について考えてみたい。

私自身、差別と区別を瞬時にしっかりと判断する自信がない。他人をグループ分けするとき、かなり注意深くならなければ失礼なことをしそう、自分はやばい、と思っている。

たまに、「差別と区別は違う」と言った途端に安心し、すっきりとした顔になって、思考停止してしまう人がいる。おそらく、「差別というのは、他人を見下すことだ。僕は他人を下に見ていないから、差別はしていない。区別しているだけだ」というシンプルな考え方をして、「区別、最高！」で終わってしまうのだろう。

しかし、差別とは、他人を見下すことだけではない。

たとえば、「僕は、男性をバカだと思っている。それに比べて、女性は頭が良い。男性は女性に敵わない。だから、バカな男性とは違う、女性らしい素敵な仕事をして欲しい。女性は素晴らしい」だとか、「女性は育児ができて、すごい。男性にはとてもじゃないが母親のような真似はできない。育児をする女性は美しい」だとかといったセリフを、「女性を差別しているセリフだ」と私は感じる。私の他にも、このような話をされた際に「差別的なことを言われた」と聞く女性はかなり多いだろう。でも、発言者は、「僕は女性を賛美しているわけで、決して女性を見下していない。むしろ女性を尊敬しているのだから、性差別をしていない」と堂々としていることがある。

他にも、「障害者は清らかだ」「同性愛者には美人が多い」など、相手を上に見ていても差別的なセリフを発してしまうことはかなりある。

そう、「差別と区別は違う」わけだが、「見下していない区別は、差別ではない」とは言えないのだ。相手を見下さずに区別していても、差別を行ってしまっている場合が往々にしてある。

また、「女性は非力なので、このスポーツには向かない。危ないので野球場などには入れない」「女性は繊細で心が弱いから、守ってあげるべき」「女性はこの病気にかかりやすい。なぜなら、小柄な人がかかる病気だからだ」「女性は将来、出産や育児を行うので、この職業には就くことはできない」といったセリフも、女性を下に見てはいない発言だが、すべての女性に当てはまることではないのでおかしな線引きであり、固定観念によるラベリングであり、差別的だ。力の強い女性も、運動の得意な女性も、根性のある女性も、大柄な女性も、出産や育児をしない女性もいる。力の弱い男性も、運動が不得意な男性も、繊細で気弱な男性も、小柄な男性も、育児をする男性もいる。みんなに当てはまることではないのに、イメージで線を引き、強制的に職業や居場所を移動させるのはおかしなことだ。

根拠のないラベリング、不必要な区分け、明確な理由がないのに職業や住居や服装を強制的に分けること、店舗やレストランや公共交通機関の入店や乗車を断ったり席を分けたりすることは、差別にあたる。

だから、区別をするときには、深く考えるに越したことはない。線を引くのは簡単なことではないのだ。

便宜的に区別が必要なシーンは確かに世の中にある。でも、偏見による区別をしたり、はっきりしない変なラインを引いたりすれば、たとえ相手を尊敬してそれを行っても、差別になる。慎重になるしかない。

また、区別に関するもうひとつの問題として、「区別だけで、つらく感じてしまうんだ」「差別がなくても、そもそも区別が苦しいんだ」という人も社会の中にいる、ということがある。同じ区分に入る人の中にも、様々な性質の人、いろいろな考え方の人がいて、感じ方も意見もそれぞれだ。区別されることによって楽になる人もいれば、つらくなる人もいる。

たとえば、私は「ブスの自信の持ち方」というタイトルでエッセイを書いていることからも明らかなように、「ブスと美人は違う、ブスと美人を同じに扱わないで欲しい」と思っている。「ブスと美人の区別」礼賛派だ。たまに、「ブスと美人を同じように扱うことが容姿差別をなくすことなんだ」「ブスも女性なのだから、美人と接するときと同じように、肌や髪など一部でも良いところを見つけて容姿を褒めるのが良い」と考えているらしい人に会う。私はそれが苦手で、「『ブスですね、じゃあ、容姿じゃない、他の良いところを見つけてつき合いますね』『ブスだけど、小説面白いね』が嬉しいんですよ」と言いたくなる。出版社は、おそらく、「美人作家とブス作家で違う売り出し方をするのは容姿差別にあたるから、同じように売り出そう」と考えていて、作家の顔写真を広告やPOPなどに使おうとする。そういうのに接すると、「おいおい、美人作家とブス作家は分けて、違う販促方法を練ってくれ。ブス作家には、ブス作家の売り方がありますから。ちゃんとアピールポイントありますから」と訴えたくなる。結婚に関しても、「美人の結婚と、ブスの結婚は違う。夫に大事にしてもらったりかわいがってもらったりするために結婚したんじゃないんですよー」「『髪型を変えて、旦那さんになんて言われました？』って、そういう質問は美人の奥さんだったらわかりますが、ブスの奥さんの髪型は夫婦関係になんら影響ないんですよー」と教えてあげたくなる。

けれども、同じブスでも、私とは正反対の考えを持つ人もいる。

「美人と同じように接して欲しい。ブスという区分に入れないで欲しい。ブスという言葉には嫌悪感が湧く。同じ女性として見て欲しい」という人もいるだろう。

また、「ブスとして、ヴィジュアルを楽しんでいる。化粧やファッションを勉強したり研究したりして、生きがいを感じている。いわゆる『美人』というのではなくても、魅力的なヴィジュアルがあることをみんなに知って欲しい。容姿のことを、もっと褒められたい」という人もいるかもしれない。

あるいは、「容姿のことなんて、まったく気にしたことがない。自分は他人を見るときに顔で判断しないし、ブスと美人の分け方がわからない。だから、その概念自体が苦手だ」という人もいるに違いない。

いろいろなブスがいるので、「区別した方が、ブスは怒らない」「区別しない方が、ブスは怒らない」といったことは、一概には言えない。

性別に関しても、いろいろな女性がいるので、「区別した方が、女性は怒らない」「区別しない方が、女性は怒らない」というような決まったパターンはない。

私の場合、ブスと美人は分けて欲しいが、女性と男性はできるだけ分けないで欲しい、と願っている。

前回、「自分はノンバイナリージェンダーだ」と書いた。

私は、「社会的なシーンで、女性と男性を無駄に分けることをやめてもらいたい」という気持ちで生きている。

だが、決して、「女性と男性を分けるのは、絶対になくすべきだ。性別を意識するのは、全員やめるべきだ」と社会に訴えたいとは思っていない。「私は個人的に性別が苦手で、性別があまりない世界だったら生きやすくなるだろうから、自分の気持ちとしては区分けをなくしてもらいたい。でも、私とは違う考えの人も多くいることは知っている」というだけだ。「差別と区別が違うのはわかるが、私の場合、性別ではカテゴリーにうまくはまることができないし、区別があるだけで苦しく感じてしまうんだよなあ」とぼやきたい。「たとえ、『女性作家』の地位が『男性作家』より高いとしても、私は苦しい。地位の低さに苦しんでいるのではなく、分けられることに苦しんでいるのだ。『女性作家』と『男性作家』が別の職業であるかのように捉えられるのが、とてもつらい。私は同じ仕事をしたい。もちろん、女性らしい仕事をしたい作家もいる。それを否定する気は毛頭ない。性別にかかわらずいろいろな作家がいる。『女性作家』『男性作家』という仕事をする人がいてもいいし、ただの『作家』がいてもいい、という社会だと嬉しい」と思っている（誤解されないよう、ここに書き添えるが、私は男性になりたいわけではない。「男性作家」の仕事をしたいのでもない。性別にこだわらずに仕事がしたいのだ）。

そして、私とは逆に、「女性らしさを尊重してもらえる社会」が生きやすい、と感じている女性もいる。男性はたくましく包容力を持ち、女性は優しくかわいく生きる。その路線で努力して人生を築きたい、という女性が大勢いる。そういう人たちは、「社会的なシーンでも、男性と女性をできるだけ分けて扱って欲しい」「職業も、性別らしさを活かせるようにした方が良い」「女性らしさを大事にしたまま、女性の地位を向上させたい」と望んでいるに違いない。

いろいろな人がいるから、区別の方法の完璧な答えはなかなか見つからない。どうも、「人間に対する絶対的な区別」というものはない気もする。『便宜的に区別が必要』というシーンに遭遇したら、とにかく慎重に分ける」という以外に方法はないのではないか。

ところで、先ほど、差別の例として、「店舗やレストランや公共交通機関の入店や乗車を断ったり席を分けたりすること」と書いた。

最近、「タトゥーのある人を、多くのプールや入浴施設が拒否していることの是非」がSNS界隈《かいわい》でさかんに議論されている。

やはり、「人によって入店を断る」というのは大変なことなのだ。みんなが関心を持っている。


少し前のことになるが、タレントのりゅうちぇるさんが、ご自身の子どもが生まれたときに、「家族の名前を刻もう」と奥さんと子どもの名前のタトゥーを自分の両肩に入れた、とSNSで公にした。すると、それを批判するコメントが殺到した。「プールに子どもと行けなくなるのに」といった余計なお世話から、「タトゥーを入れないと子どもを守れないのか」というわけのわからない深読みまで様々だった。りゅうちぇるさんが個人的な信条のもとに自分の体に言葉を入れただけなのだが、社会に反する行為をしたかのように、かなり強い声が多くの人から寄せられた。まあ、「かっこ良くない」とか「嫌い」とかだったら、タレントさんなので言われても仕方ないのかもしれない。だが、寄せられた意見はもっと踏み込んだもので、「反社会的行為だ」と非難する言葉が並んだ。日本では、プールや入浴施設などで「タトゥーお断り」の文言をよく見かけるので、多くの人が「タトゥーは駄目」と他人に意見して良いと思ってしまっている。

その後、りゅうちぇるさんから離れ、外野の人たちが、「そもそも、プールや入浴施設で『タトゥーお断り』とされているのは、どうなのだろう？」という議論を活発に始めた。

日本で「タトゥーお断り」が広まったのは、おそらく、「暴力団員とのトラブルを避けたい」という入浴施設の運営者が、「暴力団お断り」と明記するのを怖く感じ、「タトゥーお断り」と言葉を変えて入浴規定を書いてしまったことによって、「タトゥーのある人を避けるのは差別ではないんだ」「実際にトラブルを起こすかどうかではなく、見た目で『反社会的』ととりあえず判断するのは、ラベリングではないんだ」「刺青《いれずみ》をしないことが社会のルールだと捉えていいんだ」という考えが人々の間で共有されてしまったのではないかな、と想像する。暴力団員とのトラブルを避けたいという考えのもとで、それとイコールではない「タトゥー」という言葉を書いてしまったのは、根拠のはっきりしない変なラインを引いたということで、これは立派な差別だ、と私は思う。

その他にも、江戸時代には罪人に刺青を施したそうなので、「タトゥーのある人は反社会的な人だと捉えて良い」という空気を今も引き継いでしまっているだけ、という指摘もあるようだ。

でも、「宗教、民族、個人的な信条、ファッションなどの理由でタトゥーを入れている人の方が現在は多い」「反社会的な理由でタトゥーを入れる人はむしろ少数派だ」ということは、現代人のほとんどが知っている。

知っているのに、「タトゥーのある人を避けて良い」「入店を断って良い」と考えるのは、偏見を肯定する思考の流れになっていないだろうか？

しかも、現代日本において、タトゥーのある人を排除したがっている人は、反社会的な人を避けたいのではなく、「ルールを守る社会にしたいから、なんでも良いから理由を見つけてスケープゴートを作り、排除したい」「ルールを守る自分に酔いたい」という気持ちで、排除を進めてしまっていないだろうか？

他に、「日本にはもともと『タトゥーのある人は公共の風呂やプールに入れない』というルールがあり、日本でタトゥーを入れた人はそれを知りながらタトゥーを入れたわけだから、ルールを守って排除して構わないのだ」という意見も読んだ。

しかし、この意見の人は、勘違いをしてはいないか？

「タトゥーお断り」というルールの否定派（私）は、「そのルールは差別になっているから、成熟した社会においては、ルールを変えていった方が良い」と言っているのであり、決して「かわいそうだから、入れてあげようよ」と言っているのではないのだ。

「ルールを知らないでタトゥーを入れちゃったのなら、かわいそうだからアリ」だとか、「生まれつきなのだったら、かわいそうだからアリ」だとか、「そうではないのならナシ」だとか、上から目線でその人をジャッジして、入れてあげるかどうかを決めるなんて、その行為自体が差別だ。

学校でもこういうことがある。「バカな校則のある学校に入った人は、それを知っていて入ったのだから、たとえ人権を踏みにじられる校則でも、守るか退学するかしかない」。そんな意見が出てくるのは、人間の集団として、あまりにもレベルが低い。

偏見をなくすのは難しい。だから、偏見と共に生きるしかない。だが、少なくとも「良し」とはしない社会にしたい。せめて、「偏見は良いことではないけれど、なかなかなくせないね」という社会に持っていきたい。

私は立派な人間ではない。私もいろいろな偏見を持っている。道を歩いていて、「あの人、怖そうだな」と見た目で判断し、歩く方向を変えて遠回りしてしまうことがある。初対面の人を、ファッションなどでなんとなくグループ分けして、性格を想像してしまうときもある。でも、それを良いことだとは思っていない。恥じている。他の人に、「私はあの人が怖いから、避けるね」と声高に言うことはしない。とっさにそういう態度を取ってしまったが、そんなことをした自分が悔しいし、今後は、できたら自分の見方を変えていきたい。

タトゥーに対しても、正直なところ、私の中に偏見がまったくないとは言えないと恥じている。「タトゥーのある人に偏見を持っていないか?」と聞かれたとき、持ちたくないとは思っているが、「はい」と強く頷《うなず》いていいかどうか、わからない。自分自身はタトゥーを入れておらず、地味なファッションをしているし、多様な人たちと接した経験があまりないし、派手な見た目の人に会ったときに、慣れていないので驚いたり、「自分とは違う世界の人」と捉えてしまったりすることもあるかもしれない。

でも、それは決して胸を張れる態度ではないと自覚している。変えたいことだ。

だから、プールや入浴施設の運営者側が、「怖がるお客様がいるので、タトゥーのある方はお断りしています」という意見を出すのを見て、それはないんじゃないか、と思った。「偏見によって他人を怖がるお客様の方が変わるべき」と思う。

昔は、「外国人に慣れていないので、外国人が怖い」という人がいた。だが、「『怖がるお客様がいるので、外国人の方の入店はお断りしています』というのは差別だ」と現代人はみんな認識している。

「お客様がたくさん訪れるように、他のお客様から『怖いイメージ』を持たれそうな人は差別してでも排除します」は、社会活動としておかしい。

でも、どのお店でもそんなことを言っているわけではない。

利益追求だけではなく社会的な視点を持って運営しているプールや入浴施設があったら、そこを選んで行くようにし、金を払っていきたいな、と私は思った。

ともかくも、「タトゥーお断り」に私が賛同できないのは、根拠がないからだ。

遊園地の乗り物に「百三十センチ以下のお子様はお断りしています」とあるのは、明確な理由があるので、納得できる。小さい子が乗るのは危険だ。

しかし、「タトゥーお断り」には、論理がない。

タトゥーのある人への入店拒否を、「タトゥーをしている人を見下しているわけではないから、差別ではない」と捉える人もいるだろう。けれども、根拠のないラベリングや入店拒否は差別だ。

こういったことを「文化だ」と言う人もいる。でも、「見慣れない人を排除する」という行為は文化でもなんでもない。

第十七回　新聞様（一）　被害者の顔写真をなぜ載せるのか？

みなさんは、新聞に顔写真が載ることをどういう風に捉えていますか？

もし、自分の顔が新聞に載ったら、嬉しいですか、つらいですか？

「どうして新聞は人の顔写真を載せるのだろう？」と私は以前から不思議に思っていた。

捜索中だったり、指名手配中だったりする人の顔ならば、わかる。

その顔を多くの人が知ることが、誰かの助けになる。

でも、探されているわけではない顔を、多くの人が知って、誰になんのメリットがあるのだろう？

新聞には、毎日、いろいろな人の顔写真が掲載されている。

犯罪の被害者、加害者、何かを成し遂げた人、研究の成果を発表した人、スポーツ選手、作家、政治家、ニュースの中心人物、様々な人の顔、顔、顔……。

新聞は特殊なメディアだ。

雑誌の場合は、たくさん売るために、魅力ある誌面に向けて、写真と文章を組み合わせる。読者がページをめくりたくなるような、雰囲気が素敵な写真、おしゃれな写真が使われる。横顔だったり、髪型の雰囲気だけが伝わるものだったりする「顔写真」も多い。

週刊誌の場合も、たくさん売るために、ヴィジュアルが使われる。「良くも悪くも、こういうことをやった人の顔を見てみたい」「そういうことをされてしまった、かわいそうな人の顔を見てみたい」という読者の下世話な欲求を満たす目的で顔写真を載せる。顔という情報を伝えるというよりも、読者がハッとするような写真を載せている。

インターネット記事も、閲覧数を上げるために、「おしゃれな写真」か「下世話な写真」が使われていると思う。

でも、新聞は社会的使命で情報を発している。もちろん、新聞社も発行部数を増やすことを目標にしているだろう。でも、それ以上に、社会的使命を果たしたい、と掲げている。顔写真の多くが、正面を向いた形で、雰囲気や背景が削られ、その写真の面積いっぱいに顔だけが大きく写っている。「社会的使命を果たすために、顔という情報を広く伝える」という仕事をしているつもりなのだろう。

私は十五年ほどの作家活動の間に、新聞や雑誌や週刊誌などに自分の顔写真が何度も載った。やはり、新聞は特殊だと感じた。

雑誌の場合、作家の顔を載せる際、ただ雰囲気良く、ヴィジュアルの構成を考える。写真家さんが、その作家らしい感じを出すために、ふとした仕草を撮ってくれる。顔立ちを伝えたいわけではないので、うつむいていたり、手を顔にかざしていたりしても良いみたいだ。そして、撮った写真は、掲載する前に必ず本人に確認を取ってくれる。私の場合、メール添付でもらうことが多い。いくつか見せてくれて、「では、三番の写真でお願いします」と、本人が選べる場合もある。

しかし、新聞は、「正面向きで」と言われて撮られ、被写体は事前チェックができない。記者とカメラマンがどの写真を使うか選び、デスクが最終判断を行って載せる。報道なので、取材対象の私たちは、たとえ自分の記事でも、「どう報道されるか？」にはノータッチでいることを求められる。

インタビューでは、意見を言っている風なシーンを、顔立ちがはっきりとわかるように撮られる。「ここで、この人が、喋った」という証拠としての写真なのだろう。

授賞式などの公の場に行くと、知らないうちに撮られたものが、こちらになんの連絡もなく、新聞に載っていることもある。

また、雑誌やインターネット媒体の場合は、インタビュー記事なら顔写真が付くが、エッセイや書評を書いた際に顔写真を並べて載せられることはまずない。

でも、新聞では、インタビューはもちろん、エッセイや書評を書いたときにも顔写真付きの記事になることがよくある。

新聞は、雑誌などとは違う感覚で、顔というものを捉えているに違いない。

顔のことを、指紋のような、足跡のような……、人間をリアルにさせるものだ、と新聞は思っている。

「ここに書かれている事件は実際にあったことだ、という証明」「この文章はこの人が書いた、という証拠」といった意味合いで、顔写真を記事に添えるのだろう。

確かに、事件記事に、「十八歳の女性が被害者」という言葉があるだけでは漠然としていて、「実際に起こった事件」という印象が強まらず、社会的関心が集まらないかもしれない。

でも、真面目そうなファッションの、いたいけな少女の顔が記事に付いていたら、「将来の夢があっただろうに、果たせないままになってしまったのだろうな」「自分の姪に似ていて性格の良さそうな子だ。感情移入してしまう」「この子の豊かな未来を奪った犯人が許せない」と想像がふくらみ、世間で話題にされ、「実際に起こった事件」という印象が強まり、「裁判の行方を追いたい」「被害者遺族へのケアも必要だ」「今後、同様の事件が起こらないように、法律の改正を求めたい」と議論が深まり、その結果、同様の事件が減るかもしれない。

そのことを見越して、「被害者の顔写真を載せることが新聞の社会的使命だ」と新聞社は思っているのだろう。

しかし、その被害者の写真が、派手なファッションの、大人びた顔立ちの少女だったら、どうだろうか？　世間の反応は変わってくるのではないか？

これまで、日本でたくさんの事件が起きた。そして、被害者の写真が新聞に載り、その見た目やファッションが世間から叩かれる、ということが何度も起きた。

「派手な格好をしていたのなら、自分から誘っていたようなものだ」「ブランド好きなら、加害者から金をもらっていたのだろう」「水商売をしていたのなら、危険性を認識して自分で対策を立てておかなければならなかった」「美人薄命」「こういう系のファッションの子なら、犯罪に巻き込まれるのも仕方がない」といった、被害者バッシングが度々起こる。犯罪が被害者に起因していると考えることは絶対にしてはならないのに、ヴィジュアルが晒《さら》された途端、それをしてもいいような空気が世間に漂ってしまう。

なぜ、顔があると物事がリアルに感じられるのか？

それは、ヴィジュアルが想像をかきたてるからだろう。「美人なら、こういう性格に違いない」「派手な服を着ている子は、生き方も派手なはずだ」「地味な顔の人は、おとなしい性格だ」「知り合いの○○に似ているから、同じような人に違いない」……。

その多くは間違っている。想像に過ぎない。

でも、人間が社会を築き上げることができたのは、想像力があるからだ。一説によると、ホモ・サピエンスが、ネアンデルタール人ら旧人と違うのは、知性ではなく、想像力らしい。ネアンデルタール人は知的で、言葉も道具も使っていた。ホモ・サピエンスは個人として頭が良かったからネアンデルタール人に勝ったのではなく、より大きい集団を作って社会を築き上げられたから生存競争に勝った。社会を築くには、想像力が必要不可欠だという。洞窟の壁に絵を描き、みんなで空想に浸った。宗教や物語など、目に見えないものを想像し合って、現実ではないものを共有できるから、社会ができ上がる。

人間は想像をやめられない生き物だ。

被害者の実像をみんなで完璧に理解することなんて不可能だ。写真は虚像だ。しかし、写真があると、みんなでその人を共有できたような錯覚が起こる。想像の産物だ。

その錯覚のおかげで、集団の結束が強まり、犯罪の減少など、良いことも生まれる。だが、悪いことも生まれる。被害者の尊厳を損なうことや、遺族を傷つけることが、たくさん起こった。

ホモ・サピエンスがネアンデルタール人と共に暮らしていた頃なら、たとえ誰かしら数人の尊厳を踏みにじったり傷つけたりしても、とりあえず集団の結束力が高まれば十分だったかもしれない。

でも、あれから何万年も経った。

今では、もっと成熟した社会を目指すことができる。

弱者の幸せのための社会、差別を少なくする社会に向けて、もう一歩、動き出せるかもしれない。


二〇一六年に相模原障害者施設殺傷事件が起こったときは、被害者の顔がまったく報道されなかった。

神奈川県立の知的障害者福祉施設「津久井やまゆり園」で十九人が元職員の男に殺された事件だ。

これまでの日本では、殺人事件が起こると、被害者の顔写真と実名が新聞に掲載されてきた。しかし、このときは、被害者の顔も実名も公開されなかった。これは、神奈川県警の判断によるものらしい。

私は、これに驚いた。「顔写真を報道するのは、新聞の社会的使命」ということで、ジャーナリズムにおいて揺るぎないものなのかと思っていた。警察なら、報道を止められるのか。警察は、そんなに権力を持っているのか。

神奈川県警のコメントによると、「施設にはさまざまな障害を抱えた方が入所しており、被害者家族が公表しないでほしいとの思いを持っている」という理由で止めたらしい。新聞社もこの理由に納得した、ということだろう。

被害者が健常者の場合は遺族の意向を無視するのに、被害者が障害のある人の場合のみ遺族の意向を汲み取るというのはなぜ？　そして、障害者と健常者の線引きはどこに？　報道するかしないかのジャッジを誰がするのかが不透明でまったくわからない。なんなんだ、この社会は。

これまで、被害者本人の尊厳を踏みにじっても、遺族が「写真を載せて欲しくない」と泣いて頼んでも、顔写真の報道をやめようとしなかった新聞。

被写体の意向など汲む気は毛頭ない、写真は撮られた側のものではなく、撮った側のものだ、と堂々としていた新聞。

大きな事件が起こったら、被害者の顔を、本人からも遺族からも取り上げ、強制的に社会のものにする新聞。

それなのに、警察に言われたら、簡単にやめるのか。


ちょっと憤りを覚えた。

この事件に関しては、その後、報道機関と信頼関係を築いて実名を語り始めた遺族もいるらしい。遺族の中には、被害者の顔写真と実名の公開を望むようになった人もいたようだ。記者も様々で、取材の仕方もいろいろだったのだろう。また、事件直後の取材を拒む遺族はどんな事件でも多いが、時間と共に考えや行動がそれぞれ変わっていくものだ。

私としては、警察が判断するのではなく、ジャーナリストが信念とモラルを胸に取材者ひとりひとりの考えを汲み、顔写真は遺族の確認を取ってから時機を見て慎重に掲載するのが良いのではないか、と思う。

ともかくも、警察も新聞社も遺族を慮《おもんぱか》り、良かれと思って先回りしたのはわかる。「遺族がどんな思いをするか」。でも、その想像力があるのだったら、障害者ではない被害者の顔写真が載ったときの遺族の気持ちも想像できるのではないか。障害のあるなしにかかわらず、写真が新聞に載るというのは大変なことだ。美人でも、若い女性でも、新聞に顔写真が載ったら、遺族は激しく動揺する。

写真は、誰のものなのだろう？

顔は、誰のものだろう？

私も、わからなくなってくる。

顔写真は本人に確認を取ってから、本人が亡くなったあとならば本人に一番近い人に確認を取ってから、掲載を考える、というのは、そんなに難しいことなのか。

二〇一七年に、座間九遺体事件が起こったときは、被害者全員の顔写真が掲載された。

神奈川県座間市のアパートで、若い女性八人、男性一人の、計九人が、二十七歳の男に残虐な方法で殺された事件だ。

SNSで「自殺願望」にまつわる言葉を探して執筆者に接触し、話を聞いてあげる優しい男を演じて遣り取りを長く交わしたあと、言葉巧みに誘い出し、家に連れ込み、恐ろしい方法で殺害した。最初の報道では被害者が「自殺志願者」とされたが、実際には、「本当に死のうと考えている人はいなかった」らしく、いわゆる「普通の若い人」だったみたいだ。遺族はどんな気持ちだろうか。

犯人が逮捕されると、すぐに被害者の特定が行われ、顔写真と実名が公開された。しかし、この公開は遺族の気持ちに反するものだったらしい。

十五歳の娘さんが殺されたという遺族は、「今後とも本人及び家族の実名の報道、顔写真の公開、学校や友人、親族の職場等への取材も一切お断り致します」というコメントを報道機関に向けて出した。

その他の遺族も、取材や写真公開をやめて欲しいという旨のコメントを発表した。

だが、その後も顔写真や名前の公開は続き、取材も収まらなかった。

なぜ、相模原障害者施設殺傷事件では顔写真が公開されず、座間九遺体事件では顔写真が公開され続けたのか。

もしかしたら、被害者の多くが「女の子」だったからではないか？　と勘ぐりたくなる。世間には、「どういう女の子が殺されるのか見てみたい」という欲望があったり、「若い女性というものは、見られる存在だ」「女の子は、周囲の人から見られたがっている」「女性に視線を向けるのが愛だ」という偏見があったりするのではないだろうか。注目されたがっている。私は新聞社に、「載せてあげている」という驕《おご》った空気も感じる。「かわいそうな女の子を報道してあげたんだ」と新聞は思っていないか。


昔の気質を持っている新聞社上層部の「障害者の遺族は隠れて生きていきたいだろうし、かわいそうだから、報道しない」「若い女性は他人に見られてこその存在だから、報道してあげる」という価値観が透けて見える気がする。

「障害者はかわいそうではない」「『見る性』と『見られる性』を作ってはいけない」という現代の常識がまだ行き届いていないのだ。

冒頭に「もし、自分の顔が新聞に載ったら、嬉しいですか、つらいですか？」という質問を書いた。

五十年前だったら、単純に「嬉しいです」とだけ答える人もたくさんいたかもしれない。

でも、今は、「つらさの方が強いです」という答えが圧倒的多数だろう。

たとえ、自分の仕事に関する紹介記事でも、記事の文章についてはとてもありがたく感じつつ、顔写真のみについてなら、「嬉しくないこともないが、つらい方が勝る」というのが、私も含め、多くの人の気持ちだと思う。


理由は、インターネットだ。

記事の多くが、紙だけでなくインターネットにも載る。

昔だったら、粗い紙への雑な印刷でぼんやりとした顔だちが伝わり、その日だけ、みんなにふんわり認識されるだけのことだった。そして、その顔は日にちが経ったら消え、世間から忘れ去られる。

しかし、現代では、一度新聞に顔写真が載ったら、永遠に残る。

その人の名前をインターネットで検索すれば、新聞に載った顔写真がトップに出てくる。

新聞社は、雰囲気などを重視しないカメラマンが多く、本人による事前チェックもないので、取材写真の大概は本人が気に入る写真ではない。

スポーツ選手の場合、「スポーツをしている」という証拠写真なので、服がめくれ上がっていたり、表情が激しくゆがんでいたりもする。

そして、犯罪被害者の顔写真は、ほとんどが、遠い関係の人から提供されたクオリティの低い写真だ。身近な人は写真を提供しないからだ。

写真が新聞に載ると、本人と関係の薄い人たちが、インターネット上で、美醜のジャッジを下す。

バッシングも起こるかもしれない。

無関係な別のサイトへの転載もあるかもしれない。

新聞写真が名前と共にインターネット上にずっと残ることに、本人のメリットは少ない。

「顔写真が新聞に載るのは、つらいものだ」ということは、現代の若い人たちの共通認識になりつつあると思う。

特に、犯罪被害者の顔写真公開の是非については、最近、あちらこちらで議論されている。

大きな事件が起きて、被害者の顔写真が新聞に掲載されると、「遺族がかわいそう」という声がSNSに溢《あふ》れる。

だが、遺族という存在をひとつにくくるのも良くないだろう。

犯罪被害者の遺族は、様々だ。それぞれ感じ方も考え方も違う。

事件から数年後に、「事件を風化させないために娘の顔写真を出したい」「この子が生きていたのだという証を残したい」「このような犯罪が二度と起こらないよう、写真掲載を抑止力にしたい」といったコメントと共に、子どもの写真を公開する遺族もいる。写真を新聞に載せることには良い面もある。遺族はそれを信じて、一歩踏み出す。でも、公開するときには怖さもあるに違いない。そして、実際に公開したあと、嫌な思いをすることもきっとある。「嫌な気持ちもあるけれども、社会のために、子どもの写真を提供しよう」という勇気ある行動なのだ。

ともあれ、事件のすぐあとの報道では、卒業アルバムの写真や、プリクラの写真、かなり写りの悪い写真、大勢で撮った写真の一部を拡大した写真など、本人が生きていれば「他人に見せたい」「新聞に載せたい」とは思わないだろう写真が「被害者の顔写真」として使われる。

そういう写真しか新聞社が手に入れられなかったということは、本人の身近な人たち、つまり家族や親友は、報道機関に顔写真を渡すことを拒んだ、ということに違いない。家族や親友なら、もっと写真を持っているはずで、たとえ嫌々でも新聞社に写真を渡すときは、被害者本人が「良い写真」と思うような写真を選んで渡すはずだからだ。

ただのクラスメイト、遠い関係の知人、近所の顔見知り、一度遊んだだけの友人、……といった遠い関係の人にしか報道機関が接触できていないから、いまいちな写真しか入手できていないのだ。

卒業アルバムの写真は変な顔に写りがちだというのは世界中のみんなが思っていることで、「私の卒アルの顔写真が新聞に転載されたよ、わーい」と喜ぶ人などまずいない。プリクラの写真は、友だち同士の遊びとして撮るもので、目を大きく変えたり、ふざけて文字を入れたりして楽しむのは若者として当然で、だが、社会的なシーンでも同じようにふざけたい、親や親戚にも見せたい、などとは思っていないのも当たり前だ。それなのに、それをそのまま報道するのは、被害者や遺族に対して配慮が足りないのではないか？

最近は、本人のツイッターやフェイスブックなど、SNSからの引用も見かける。本人がすでに亡くなっている場合は、おそらく誰からの許可も得ずに転載していると思われる。インターネット上のものは世界に向けて発信されたものなのだから転載は自由だ、と捉えているのかもしれないが、本人は「ツイッターという媒体でのみ見られる」ことを想定してアップしているわけで、他人が編集して見え方を変化させ、別の媒体に無断で載せるというのは、モラルに反するのではないか。「ツイッターだから、このノリ」「この流れからきた、この感じ」という写真を、切り取られて新聞に転載されることを良しとする人は少ない。

写真ぐらい気にするな、顔なんて小さなことだ、という意見もあるかもしれない。「男だったら気にしないけれど、女性は自分の顔を良く見せたがるからなあ。女性には配慮が必要なんだなあ。はっはっは」と済ませたがる人もいるだろう。違う。良く見せたいのではない。

本人の美意識の問題ではないのだ。見栄の話などしていない。

尊厳の話をしている。

社会の問題だ。個人の問題ではない。

写真の印象で、どの程度のバッシングが起こるかが決まるのだ。

現代では、インターネット上で尊厳を激しく踏みにじられることがあるので、新聞という大きな力を持つ媒体に関わっている人は、「この写真を載せたら、このあと、この人はインターネット上で大きな二次被害を受ける」というところまで想像してもいいのではないか？

第十八回　新聞様（二）「右」とか「左」とか

最近、新聞の姿勢に対して、「右寄り」「左寄り」と評する人をよく見かける。「この新聞は『右寄り』だから〇〇を無理やり擁護している」「この新聞は『左寄り』だから偏向報道をしている」という具合に、新聞の姿勢に批評を加えることを、多くの人が行っている。

いや、新聞に限らず、いろいろな物事に対する評で、「右」とか「左」とか思想にまつわる言葉が使われていたり、はっきりとは書かれていなくても執筆者がその物事を「右寄り」もしくは「左寄り」と認識している雰囲気が漂っていたりすることが、この頃はたくさんある。「どんな物事でも『右翼っぽい』『左翼っぽい』と分けて捉えよう」というのが今の時代における一般的な感覚なのだろう。

十年前はこんな感じではなかった気がして、「急に、『右』『左』と分けるのが日本で流行り始めた」と私なんかは捉えてしまっているのだが、どうなのだろう？　インターネット上で思想を披露する人を揶揄《やゆ》するための別称は十年以上前からあったようにも思うが、「ただ、そんな言葉が使われるシーンはわずかだし、『右』とか『左』とかというのも一部の人の考え方」

という雰囲気だった。でも、今は、「すべての媒体や人や物事を、『右寄り』か『左寄り』かに分けられる」と考えている人が多数派な感じがある。まあ、きちんと社会の風潮をチェックしているわけではない、だらだら生きる私の、ただの個人的感想だ。間違っているかもしれない。ともあれ、私としては、「あ、また『右』『左』の話だ。うーむ」と、ちょっとうんざりしてしまうときがあるのだ。

ここで、私自身の立場を明らかにしておきたい。
私は、「右派」でも、「左派」でもなくて、「分けるのが嫌い派」だ。

とはいえ、他の人たちが「右寄りの考え方をしています」「左寄りの考え方をしています」「その方向で運動しています」「同じ思想を持つ者同士で勉強会をしています」と言うのを責めたい気持ちはない。

似た考えを持つ人たち同士で集まって、勉強したり行動したりすることで、新しい考え方が発見できたり、いい流れが生まれたりすることがあるのだろう。
「自分は『右寄り』です」と表明し、何かに属していると感じることで自信が持てたり居場所を見つけられたりする人もいるだろうし、「自分は『左寄り』です」と公言し、他人と交流して考えを深めることで活発に動けたり生きがいを覚えたりする人もいるのに違いない。

もし、その活動に、「自分たちとは違う考えを持つ人たちがどういう風に考えているか、理解しよう」という勉強や、「違いを尊重し合おう」という行動が含まれるようになっていったら、もっと建設的になるのではないかな、とは思う。

（それに、「国を愛したい」「戦争を避けたい」「差別をなくしたい」といった共通の思いを「右寄り」の人も「左寄り」の人も持っていて、やり方が違っているだけだと思うので、共通の考えを確認し合うのも良い気がする）。

どうも、実際は、「同じ考え同士で集まって立派な考えの道筋を作り、違う考えの人の論理の穴をつついて論破しよう」だとか、「違う考えの人を排除するために、シュプレヒコールをあげよう」だとかということになってしまいがちなようだ。

「同じ考えの人で集まろう」という会の運営は難しいものなんだろうな、と想像する。

けれども、集まりをどのように運営するかはその集団の中の人たちの決めることだし、口出ししたくはない。

その路線でそれぞれ頑張っていって欲しい。

とにもかくにも、集まるのが好きな人たちは集まったら良いが、私は集まりたくないのだ。

そして、集まっている人たちのことを、「集まっている人」「『右寄り』の人」「『左寄り』の人」

という捉え方だけで判断したくない。

人間はひとりひとり違っているから、同じ集まりの中にいる人たちでも考え方にはグラデーションがある。また、テーマによって「右寄り」「左寄り」が変わる人もいると思う。さらに、時間の経過と共に考えが変化していく人もいるに違いない。

私は普段、ぱらぱらと新聞や雑誌やネット記事や書籍などを読んでいる。その著者には、明らかな「右寄り」の人も、はっきりと「左寄り」の人もいる。「右寄り」で良いことを書いている人もいるし、「左寄り」で良いことを書く人もいる。思想だけで判断して読むのをやめたり、良い悪いを決めたりするのは、読者にとってメリットが少ないな、と思う。

「右寄り」「左寄り」の概念をなくせ、とは思わない。でも、「すべての人や物事や媒体を左右に分けよう」とやり過ぎるのはやめた方がいいのではないか。たぶん、デメリットが多い。

私も、ものを書いている。

書く際、「右」だの「左」だのと自分の立ち位置を定めたくない。また、自分と似た考えの人を外に見つけたい気持ちは皆無だ。ひとりでいたい。「できるなら、読まれるときも、カテゴライズされずに、ただの個人が書いたものとして受け止めてもらえたら嬉しいな」という気持ちがある。

しかしながら、どう読まれるかを作家はコントロールできない。「どう読むか」、それは、読者の範疇《はんちゅう》のことだ。「こう読んで欲しい」と望むのはおこがましい。

私が書いた作品を、右翼の方や左翼の方が読んだときに「これって、『左寄り』の話だよね」「これって、『右寄り』の話だよね」という風に捉えられる場合もあるだろうと覚悟しているし、作者にはそういった捉えられ方を止めることができないとはわきまえている。読み方は読者にゆだねたいし、思想を感じられてしまっても仕方ない。

でも、発信するときは、「私に思想はないです」という立場から行おうと思っている。


ここで、「そんなに『思想はない』ということにしたいなら社会にまつわることを一切書かなければいい」という意見も出るかもしれない。

でも、私は社会のことを書く。社会に対して思っていることがある。

正直なところ、私は「社会派作家」を目指したいのだ（笑）。


なぜ「社会派」を目指したくなったかというと、友人の中村文則《ふみのり》さんが「社会派」と呼ばれているのを見かけたことがあって、ものすごく羨《うらや》ましくなったからだ。中村さんとは十年くらい前に友人になって、その頃から片鱗はあったが、あっという間に大作家になった。大きな悪に挑むような、社会的な小説を次々に発表している。

いいなあ、と思う。

私は中村さんとは違い、生活の細々としたことを綴っている。

でも、たとえば、「善人でも悪人でもない地味な主人公が、コーヒーに二百五十円払うか払わないかをバカみたいに考え続ける」といった小さなテーマでも、書き方によっては社会派小説になるかもしれない、と気がついて、それからは、「私にも、いつか、『社会派』と呼ばれる日が来る」と考えるようになった。

ただ、「社会に対して思っていること」を「思想」という言葉とイコールで結びたくはない。何が嫌なのか。まず、徒党を組みたくない。「似た考えの人で集まって、何かを倒そう」という感じのこと全般がもともと苦手だ。

思想という言葉にそういう意味があるわけではないが、今の時代を生きていると、思想という言葉を目にしたとき、どうも流れでそういう感覚が湧いてしまいがちなので、避けたい。

とはいえ、社会を作るというのがそもそも集団になるということなのだから、当たり前だが、集まりを完全に否定することはできない。

私は日本の中で生きている。自治体の世話にもなっている。文化に染まっているのもグループへの加入と言えるかもしれない。家族や友人も集団だろう。フリーランスだが、仕事は大概、なんらかの会社と付き合いながら進めている。生活の中でも、買い物や交通サービスなどを通して、様々な会社と交流がある。

そう、会社だって、集団だ。でも、会社の中には個人がたくさんいる。

日本には何社か新聞社があって、確かに、それぞれ、なんとなくの色はある。社員はその会社が出している新聞を読んで入社を希望したのだろうし、社内の考えがものすごくばらばらということはないかもしれない。それに、トップに立っている人の考えだけが濃く出る、ということもあるに違いない。

しかし、軍隊でも政党でもない、会社という集まりの中が、同じ思想で一色に染まっているということはさすがにないのではないか、と私は思う。

もちろん、集まりとして評価するのも大事だ。でも、もうちょっと個人の新聞記者を見てもいいいんじゃないか。

第十五回で、杉田水脈衆議院議員が『新潮45』という雑誌の二〇一八年八月号に寄稿した「『LGBT』支援の度が過ぎる」というタイトルの文章を取り上げた。「『生産性』がない」という悪魔のフレーズで世間から大バッシングを受けた例のものだ。

内容は、「最近はリベラルなメディアに『LGBT』の記事が多い、この一年間では朝日新聞で二百六十件、読売新聞で百五十九件あった」といったもので、杉田さんはリベラルなメディアとそうでないメディアの比較を、その記事の中で盛んに行っていた。全文を読むと、要は、「朝日新聞などのリベラルなメディアの偏向報道に物申す」ということをやりたい人なのだな、とわかる。

私は思想に関する言葉に疎いので、厳密にはちょっと違うかもしれないのだが、リベラルというのは「左寄り」と大体同じ雰囲気の言葉かな、と思う。

ちなみに、『新潮45』は少し前の編集長交代の辺りから「右寄り」と評されがちな雑誌になっていたらしい。そして、八月号で杉田さんの件が起こり、差別を肯定する文章を掲載した媒体として世間から大きなバッシングを受けたわけだが、まったく動じず、十月号に「そんなにおかしいか『杉田水脈』論文」という杉田さんの差別論を擁護する特別企画を掲載し、しかもそこに痴漢加害者の擁護論までが含まれていたので、さらに大炎上した。その後、批判を受け止めた新潮社の社長が声明を発表し、『新潮45』は休刊となった。


この件について、様々な人の意見をぱらぱら読んでみた。もちろん、「LGBTへの差別や、痴漢被害の偏見について議論しよう」と本来の問題のみを言及している人もたくさんいた。でも、それ以上に、「販売部数の低下による雑誌の右傾化を問題視しよう」「左翼からの圧力により雑誌を休刊させることの是非を問おう」といった意見も多かった。

「右」とか「左」とかの話がまたたくさん出てきたわけだ。やれ、あの新聞は「左寄り」だ、やれ、あの雑誌は「右寄り」だ、と媒体に対するバッシングがあちらこちらで起こる。

私はどうも、こういった「媒体バッシング」全般が不毛に感じられて仕方がない。

もちろん、本当に偏向報道をした媒体があるのなら指摘した方がいいし、差別記事を掲載した媒体に注意をするのは必要だ。

だが、「右」「左」という概念が強過ぎて、いつしか「偏向報道」や「差別」の話ではなくなり、ただ、「右派を倒せ」「左派を倒せ」「どちらが勝つか」というくだらない話に収束してしまっていることも多い。

新聞も雑誌も、いろいろな考えを持つ記者や編集者が集まって媒体を作り、『右寄り』の政治家」「『左寄り』のライター」「そういうのに、全然関係がない人」「『右』とか『左』とかに関わりたくない作家」など様々な執筆者が雑多な文章を寄せて紙（誌）面を作る。雑多であることが媒体の一番の価値だ。

ただ、「様々な意見の完全なる網羅」「多様性を完璧に表現」といった夢の媒体は実際にはなかなか作れない。ゆらゆらと揺れ動き、ときには自分の考えとは違う方向に偏っていく媒体を見守らなければならない時期もある。パーフェクトな媒体などあるわけがないのだから、偏りを激しく責めて終了させるのは得策ではない。

『新潮45』の件は、差別や偏見を促す文章を掲載したことの是非を議論すべきと思うのだが、雑誌の右傾化を問題にしている人のなんと多いことか。

休刊する前に、「右」だの「左」だのという話ではない、雑多な意見を掲載することができたなら、雑誌の使命が果たせたんじゃないかなあ、なんて思う。

この雑誌の休刊が、杉田さん擁護派の人に『新潮45』は『右寄り』だから駄目だった」という意見として受け取られてしまったら、「左派による言論統制だ」「今後、リベラルなメディアで何か起きたら休刊に追い込んでやり返そう」という反発が出るだけで終わってしまうのではないか。

「右」と「左」がやり合うという議論を続けることで、メディアが良い方に変わっていくとは思えない。

いや、私も、「朝日新聞は……」「Y新聞は……」「○○の雑誌は……」などと、媒体の色を感じたり、傾向を捉えたりすることはある。

でも、「右」とか「左」とかは極力言いたくないし、いろいろな記者がいるのに会社をひとつにまとめ上げて語るのもできるだけ避けたい。

（ちょっと脇道にそれるが、私がここで朝日新聞のことは朝日新聞と書いて、Y新聞のことをY新聞と書くのは、別にY新聞を嫌っているからではない。私はY新聞の方ともこれまで何度か仕事をさせてもらったし、これからも一緒に仕事ができたら嬉しいと思っている。Y新聞に、良い記者がたくさんいることも知っている。

ただ、第一回ですでにY新聞のことをY新聞と書き、今後、別件で数回に分けてY新聞のことをY新聞の関係者が読んだら喜ばないかもしれない風に書いてしまうかもしれない可能性があって、「でも、これは自分の思いを書きたいだけのことで、決してY新聞を批判する気はないんですよー」と示すためにイニシャル表記にしたいのだ。勝手ながらY新聞で押し通させてもらう。匿名表記もこれから書くことも、悪口と受け取らないでもらえたらありがたい）。

私は子ども時代から二十七歳で実家を出るまで、Y新聞を一年おきに読んでいた。高校生の頃は、連載されていた『あたしンち』が大好きで、スクラップした。

私の実家では、Y新聞と朝日新聞を一年ごとに交互に取っていた。

理由は、おそらく人付き合いだ。

勧誘の人が家に来る。「取ってください」と頼まれ、「今は別の新聞を取っているので」と断ると、「では、来年から」と再度頼まれるため、「じゃあ……」と受け入れる。契約すると、洗剤やサランラップなんかをオマケでくれるから、それにも釣られていたのだろう。

しかも、そのY新聞と朝日新聞と並行して、完全なる「右寄り」の新聞社が出している新聞と、完全なる「左寄り」の新聞社が出している新聞を同時期に取っていたこともあった。これは確実に人付き合いだ。仕事の関係者や親戚から「取ってくれ」と頼まれたため、取っていた。

父も母も、社会に対する考えはそれなりに持っていたが、新聞に関しては、「そういうもの」

と思っていたのだろう。「そういうもの」ってなんなのか、言語化が難しいが、まあ、人付き合いやなんやかやのことで、「どの新聞を取るのかが思想の表明になる」とは思っていなかったということだ。

若かった頃は、親の新聞の取り方に対して、「節操がないな」とか「まだ『あたしンち』が読みたいのに」とか不満も覚えたが、大人になった今は、「それで良かった」という気もしてくる。

私の今の仕事も、そういうところがあるかもしれない。

作家は仕事をする際に、媒体の力を借りる。

今はインターネットがあるので媒体というものの概念が変わりつつあるが、それでも出版社や新聞社の力は大きく、書籍や雑誌や新聞で作品を発表する際は、ツイッターなどの個人メディアに書く際よりも高揚する。作家を尊重して自由に書かせてくれるプロが仕切ってくれ、デザイナーや印刷会社が読み易くしてくれる。そうすると、ひとりで仕事をするときよりも自分の考えが研ぎ澄まされて、自分らしい仕事になるのは不思議だ。

私は社会派を目指しているので、文学に興味のある人だけではない様々な読者と出会える新聞という媒体に、大きな魅力を感じている。新聞小説を書きたいし、エッセイも書きたい。インタビューも受けたい。新聞から依頼をもらって、それが自由にやれる仕事ならば、できるだけ断らずに、お受けしたい、と思っている。

作家デビューして一年経たずに朝日新聞土曜版でエッセイの連載が始められたのはものすごく嬉しかった。東京新聞・中日新聞で短期間だがエッセイや書評を書けたのもとても楽しかった。西日本新聞や信濃毎日新聞などの地方紙でも、エッセイや書評を連載したことがあって、やはりわくわくした。それぞれお世話になった記者さんたちがいて、その顔を今でもときどき思い出す。

しんぶん赤旗で小説連載をしたこともある。理由は担当してくれた記者さんが文学を理解してくれる素敵な方だったからだ。『赤旗』ということは意識しない作品で」と依頼をくれたときに言ってもらえたので、媒体の色はまったく意識せず、自由に書かせてもらった。

どの新聞で仕事するときも、思想は気にしていない。

気になるのは、直接に遣り取りする記者さん個人との相性だ。自由に書かせてくれる人だったら、とてもありがたい。

こうして思い返すと、これまで依頼をもらえたのは「左寄り」とされがちな媒体からが多かったかもしれない。

じゃあ、私は「左寄り」っぽいのか？　いや、いや、自分としては違うと思う。私の考えは中庸ではなく、どちらかの思想に似たところもあるかもしれないのだが、自分としてはどちらにも入りたくなく、また、どちらも否定したくなく、そして、どちらにも「とはいえ、こういう記事だけは好きになれないな」というものがある。

たとえば、私は政治家の悪口を言うのが嫌いだ。「弱者はどれだけ吠えてもいい」という考え方が世間にあるように感じるのだが、私はそんなことはないと考えていて、「強者も人間だということを忘れてはいけない」と思っている。もちろん、政策に異を唱えるために大きな声を出すのは大事だ。だが、相手が強者でも、悪口は駄目だ。

たとえ相手が首相でも、人間的に愚弄することや、身体的なことを言うのは、成熟した社会の中で行うべきことだろうか？　政治家に対して、必要以上に失言を叩いたり、人間的尊重を感じられない似顔絵を掲載したりするのも、私は嫌いだ。だから、「左寄り」の人たちの仕事に首を傾げたくなることも多い。

そういうわけで、私は、どんな媒体でも、仕事をするときに、その媒体に全面的なイエスを出す気持ちまでは持っていない。

「どの新聞で仕事をするかが思想の表明になる」とは思っていないのだ。

これは、「人付き合いやなんやかや、そういうもの」と思って媒体と付き合っている、ということではないだろうか。

私はひとりが好きだが、人付き合いも大事だから、自分と考えが違う人ともできるだけ付き合うようにしたい。「右」とか「左」とかで、まとまりたくない。

新聞への批判も、「右」とか「左」とかという言葉を使わず、そして、その雰囲気もできるだけ出さないようにして行っていきたい。

第十九回　新聞様（三）　カテゴライズ

先日、カレー屋さんでテイクアウトの注文をして、ナンを焼いたりカレーをかき混ぜたりしてくれるのを見ながら家族ででき上がりを待っていた。すると、二歳の子どもが、

「お兄さんがパンを作っているね」

と言った。

「そうだねえ」

二歳児向けにナンの説明をするのは難しく感じられて適当に返事しつつ、「お兄さん」という呼び方にハッとした。たぶん、私はそう呼ばない。それで、自分も毒されているな、と気がついた。直接に呼びかけるときは、「すみません」「お店の方」といった遠回しな言い方をする。そして、その人がいない場所で他の誰かに向かってこのカレー屋さんについてお喋りしたり説明したりするとしたら、「ネパール人の方」と言うだろう。国をまったく意識せずにカレー屋さんを表現することはまずないような気がする。

語彙《ごい》が少ないせいだが、二歳の子どもは人を表現するときに、「ネパール人」だとか、「外国

人」だとかは一切使わない。二歳だと、国の違いや顔立ちの違いはまったく気にならないみたいだ。


少し前、旅館で夕食をとったとき、七十代くらいの方が給仕してくれた。二歳の子どもは、

「お姉さんがお水を持ってきてくれたー」

と言った。間違ってはいないし、おばあさんと呼ぶよりは失礼でないかもしれない。

普段も、この二歳の子どもは、三歳の子のこともお姉さんと呼び、スーパーのレジで会う五十代の人のこともお姉さんと呼ぶ。お姉さんは、三歳から七十代までと、かなり幅広い。

それを夫と笑い合ったのだが、よく考えると、可笑しがる自分の感覚の方が、毒されていて変なのではないか。


ほんの数ヶ月前までは、お兄さん、お姉さん、という性別の違いも知らなかったようで、女の子たちが水に足を浸して遊んでいるのを見て、

「お兄さんたち、川遊びしてる」

と二歳の子どもは言っていた。

その後、お兄さん、お姉さん、という呼び方の違いを保育園で少しずつ習得したのだと思う。今では性別で呼び分けるようになった。毒されるのも少しずつ始まっている。

生き続けるうちに、その国における「他人の見方」が染み付いていく。

私は、他人のことを話すとき、なんとなく、まず、国籍を気にして表現し、性別を気にして表現し、年齢を気にして表現してしまう。

「国やら性別やら年齢やら見た目やらで人を判断しないでひとりひとりを見ることはできないのだろうか？」といった内容のエッセイや小説を私は書いている。だが、それでも、よく知らない人に会ったときに、国も性別も年齢も見た目もまったく気にしないでその人を純粋に見るということはできていない。

だから、私が書きたいのは、決して「国やら性別やら年齢やら見た目やらで人を判断しないでひとりひとりを純粋に見よう」というスローガンではなくて、「どうして、カテゴライズをやめられないのだろう？」「国や性別や年齢や見た目から逃れられないのだとしたら、どうやって生きていこうか？」という人間の迷いなのだと思う。

正直なところ、私は今、国や性別や年齢や見た目に関するえぐい表現を見たときに、若かった頃ほどには気分が悪くならない。「あー、こういう表現よくあるよね」「まあ、仕方ないかなあ」と、あまり心が乱されないまま、自分を保ってスルーしてしまうことも多い。

でも、多くの人がそうだと思うのだが、十七歳の頃は、潔癖だった。

高校生の私は、新聞で人が紹介されるときに性別と年齢が必ず添えられていることが気になって、「この社会はおかしい」と憤った。周りの人に、「なぜ、そうなのか?」と聞いてまわったこともある。

新聞では、被害者も加害者も偉業を成し遂げた人も、性別と年齢が書かれないことがない。性別と年齢を示せば、その人を八割ぐらい表現できたかのような書きぶりだ。

新聞がこれでは、社会はものすごく汚いものに違いない。どんなシーンでも、性別と年齢が問われてしまう。


大人になるに従って鈍感になり、イライラしなくはなってきたが、知識は増えて、「本来は、国も性別も年齢も書くべきではない」ということには確信を持った。ただ、「書くべきではないが、きれいごとだけで社会をまわすのは至難のわざだ」とも思うようになったのだった。

それでも、変なところでは立ち止まり、「どうしてカテゴライズしないと社会をまわせないのかなあ?」と考える。


性別にはグラデーションがあって、はっきりと二つに分けることはできない。しかし、新聞に載るすべての人に性別がふられる。どちらの性かはっきりしない人もいるが、その場合はその旨が記事に書かれる。まるで性別を公表することが社会人の義務であるかのようだ。

また、犯罪者のことは「男」「女」と書き、それ以外の人のことは「男性」「女性」と表現するのにも違和感がある。人をけなしたり尊重したりするために性別を利用しているわけで、これは変えていくべき言葉だと私は思っている。

年齢に関しては、そこまでピリピリしている人はいないかもしれない。とはいえ、「できたら公にしたくない」「年齢で接し方を変えられるのが好きじゃない」という人は結構いるだろう。だが、新聞には必ず書かれる。以前、旅先で喫茶店に入ったところ、店主とその奥さんが新聞取材を受けたときの記事が誇らしげに店先に飾ってあった。ただ、奥さんの名前の後ろにあるカッコ内は修正ペンで白く塗りつぶされていた。きれいな人だったし、年を出したくなかったのかもしれない。でも、旦那さんの方のカッコの中には七十歳ぐらいの年齢が書いてあったので、奥さんもその近辺だろうと推察はできた。まあ、これは微笑ましい話だが、とにかく、年齢はそんなに大事なものではないのに、公のシーンに出ると、なかなか省略できない。その人の年齢がどうしても知りたい、という読者はそんなにいないと思うので、おかしなことだ。

そして、「〇〇人」「外国人」「同じ国の人」という表現も、なくすべきなのだと思う。

現代では、複数のルーツを持つ人が増えてきており、「ルーツをひとつに絞って自分のアイデンティティを作る」という考え方は馴染まなくなってきている。

犯罪者の報道の際には、「どの国の法律を適用するか?」という問題として国籍を報道する意味があるかもしれない。

だが、国籍を報道する必要などまったくない事柄なのに、国籍や、ルーツや、親がどこどこ系だとか、見た目が〇〇人だとか、なんとなく報道しているものもよく見かける。スポーツや芸術の場面で国籍を問題にする記事も見かけるが、本来、国を超えたところに価値を見出すのがスポーツや芸術ではないのか。

外国人力士が増えたことを嘆かわしく書いたり、ノーベル文学賞を受賞したイギリス人を日本人として報道したがったり、変なことがいっぱい起こる。

下世話な媒体が面白おかしく書くなら仕方ないとも思えるが、新聞がそういうことをすると「そういう風に人を分ける社会を肯定している」と見えてしまう。若い人が絶望したり、毒されたりしてしまうだろう。

二〇一八年に二十歳でグランドスラム初優勝を遂げたテニス選手の大坂なおみさんが、テニスに関する事柄ではなく、日本人のアイデンティティに関する事柄や、食べ物やファッションに関する事柄ばかりを日本の報道で取り上げられ、世間で問題になった。

大坂選手本人はそれほど気にしていないようだったが、私もやはり、「日本人としてどう思うか?」といったことばかりを質問するのはテニス選手に対して失礼だと思う。大坂選手は、「私は私」と言っていて、深くは考えないようにしているらしかった。ファンだって、日本人だから応援するのではなく、大坂選手だから応援しているのではないか。もちろん、長いインタビューや、ざっくばらんな媒体でのインタビューでは、家族や国や食べ物やファッションの話を入れた方が面白くなるだろうが、そのためにテニスの話がおろそかになったら本末転倒なわけで、新聞などの報道や短いインタビューではテニスの理論や意識を聞く方がいいだろう。

こういった日本の報道の傾向に対して「まるでアイドルみたいな扱い」「アイドルへの質問と同じものが出ている」といった指摘をしている人がいたが、まさにその通りだ。

日本はアイドル大国で、どんな分野にせよ、有名になった「若い女性」のことは、アイドルと同じ扱いをして良いとする空気がある。


大坂選手だけでなく、十代二十代で偉業を成し遂げる人はたくさんいて、新聞も報道をする。その多くが、ちょっと変だ。

スポーツ選手や芸術家や研究者などの仕事の紹介記事で、オフの日にはお化粧をして買い物に行く、髪型にはこだわりがある、といった話を引き出して文字数をスポーツや芸術の話よりも多く使い、最後に、「普段は、おしゃれに興味がある普通の十八歳」といった具合に文章を締める記事をしょっちゅう見かける。

あとは、「お母さんに憧れて」「お姉さんに憧れて」「家事や育児を支えてくれる夫のおかげで」……偉業を成し遂げられました、といった、家族への感謝をしつこく書く記事も多い。

友人の作家が若い頃に受けた、とある新聞の著者インタビューでは、「〜と言った○○さんのおだんごが揺れた。」と記事の文章が締められていたらしい。

すごく変な文章というわけではないかもしれないが、私はやっぱり、「どうなんだろう?」

と首を傾げてしまう。

この引っかかる感じがわからない方は、男性のスポーツ選手や作家のどなたかを想像し、男性の記事だと想定して考えてみて欲しい。その記事が「〜と言った○○さんの前髪が揺れた。」という文章で終わっていたとき、「あれ？ なんでこんな風に文章を締めたんだろう？ その競技（あるいは、作品や仕事内容）についての文章で締めた方が自然な気がするけどなあ」とは思わないだろうか。


この本では、「若い女性」に関することを書きがちになってしまっているが、他の層にも性別や年齢でラベリングされて困っている人がいるに違いない。

すぐに「おじさん」とカテゴライズされて、「おじさん」としての側面ばかり報道されて困る、という人も世の中にいるだろう。あまり取り上げることができておらず申し訳ないが、私は「おじさん」にも寄り添いたいと思っている。

ハゲの人にハゲのエピソードばかりを求めるなど、ひどい空気は世間に溢《あふ》れている。

ただ、新聞に限っていえば、新聞に載る人は「おじさん」が圧倒的に多く、「おじさん」の多様性は認められているのではないか、という感じがする。被害者にせよ政治家にせよ実業家にせよスポーツ選手にせよ芸術家にせよ、それぞれの事情や仕事内容をきちんと書いてあることが多く、「ステレオタイプなおじさん像」で描かれる記事は稀《まれ》だ。

仕事のインタビューの際に、家族やファッションの話を執拗《しつよう》に求められているのはあまり見かけない。仕事内容よりも見た目やファッションに文字数が割かれていることはほとんどない。「普段は、おしゃれに興味がある普通の四十八歳」と書いてあるのは見たことがない。「普通の四十八歳の会社員の男性」というフレーズ自体が通りが悪い。「四十八歳の男性っていろいろいるだろ。普通ってなんだよ」と首を傾げる読者が多いだろう。でも、女性の場合は、「普通の十八歳」「普通の二十五歳」「普通の四十八歳の主婦」といったフレーズが使われていることが往々にしてある。

いや、べつに、家族の話やファッションの話はNGだと言いたいわけではないのだ。四角四面な文章は面白くないし、インタビュー記事に人間味を求める読者が多いのは事実だ。家族だって、ファッションだって、社会を作る大事な要素だし、その人の仕事のどこかしらに関係する事柄かもしれない。だが、相手が「若い女性」という理由だけで、なんとなく家族やファッションの話を本来聞くべき事柄以上にクローズアップしてしまい、仕事に関する理論や意識を聞かずに済ませてしまっていることはないだろうか。

ところで、私はTBSの「噂の!東京マガジン」という番組が大嫌いで、特に「平成の常識・やって!TRY」というコーナーは廃止し、これまでの出演者に謝罪すべきだと思っている。

このコーナーでは、道端ではっている番組制作スタッフが通りすがりの「若い女性」に声をかけ、「天ぷら」など料理名だけをいきなり伝え、レシピを見せずに料理を作ってもらい、録画する。そして、それをスタジオで高齢男性が鑑賞し、「若い女性」たちの失敗する様を、「常識がない」「親のしつけがなっていない」と嘲笑する。

おそらく、鑑賞者である高齢男性も料理は作れない。それなのに、どうして人の失敗を笑えるのか。自分は「性別が違う」「年齢が違う」ので、別の場所に立てると勘違いしている。「若い女性」を、自身の娘や孫と同じように指導をしたり笑ったりしていい存在だと捉えている。

昔は、他人のことを、性別や年齢によって、ステレオタイプな家族像に合わせて認識することが主流だったのだろう。自分の家族と重ね合わせて他人を捉える。「若い女性」なら娘のように扱うのが不自然ではなかった。テレビ番組のロケで、素人の方に出くわしたとき、子どもがいる人かどうかもわからないのに「お母さん」と呼びかけたり、独身っぽい人なのに「お父さん」と声をかけたりしていた。相手の年齢や性別を判断し、自分の家族の誰かと重ね合わせて捉えることが失礼ではなく、むしろ親近感を表せる良い方法だと思われていた。

だが、現代の人間関係は多様化しており、家族の形も様々だ。「若い女性」も仕事をしていることが多く、娘扱いは馴染まない。むしろ、よく知らない「若い女性」のことは、取引先の仕事相手を想像しながら接した方が無難だろう。

今の時代の人間関係に、相手の性別や年齢によって態度を変えることは馴染まない。

昔だったら、「若い女性」に贈り物をするときはケーキを、「年上の男性」に贈り物をするならお酒を、といった感覚があったが、今は、相手の性別や年齢によって贈り物の内容を変えるのではなく、誰にでも喜ばれるような贈り物を渡す方が良い、性別や年齢によって相手のイメージを作るのは失礼である、といったことがマナー本にも書いてある。

新聞の話からちょっと離れてしまったが、「『若い女性』のインタビュー記事に、家族や食べ物やファッションの話が入っていると嬉しい」という人は、「娘のように、あるいは妻のように思えて安心できるから嬉しい」のではないか、と私は推察したのだ。

区分けを好む人は、自分と同じカテゴリーの人と仲良くすることを楽しむ一方で、自分とは違うカテゴリーにいる人に対して恐怖を抱いているものだ。

昔のアメリカにいた人種差別主義者も、いつ反逆されるかとびくびくして、差別をさらに強めた。

「若い女性」を自分とは違う存在として捉える人は、「若い女性」を下に見ながらも、いつ反逆されるかと「若い女性」を怖がっている。

自分の娘や妻と同じように扱って構わない存在だと思うことができれば恐怖が薄らぐが、まったく違う存在として仕事の話を堂々とされると怖さが増幅する。

だから、「偉業を成し遂げていても、普段は自分の身近にいる女性と同じような『普通』の人だ」と捉えたくなるのではないか。家族や食べ物やファッションの話をされると、ホッとするのではないか。女性の失敗を見ると、安心できるのではないか。

「ああ、自分がよく知っている人と似た、『普通の若い女性』だ」と思うのではないか。

第二十回　新聞様（四）　くだらない話

今回の話は非常にくだらない。

しかも、個人的な話で、ノミが飛んだとか飛んでいないとかいうレベルの小さい出来事だ。

だから、読み飛ばしてもらっても構わない。

私は自己中心的で、他人の気持ちを想像できず、小さいことでくよくよして、なかなか達観できない、非常にできの悪い人間だ。

そのため、悩み事の多くは、自分の考え方のクセが理由で湧いてしまっている。私ではない他の人だったら、同じような出来事に遭い、似た環境の中で仕事することになっても、私みたいには悩まないだろう。うまく対処したり、スルーしたりして、何があっても周りの人に感じ良く振る舞い、みんなで成長するに違いない。芸人さんだったら、笑いに変えたり、前を向くきっかけにするかもしれない。

でも、私は性格が悪いので、「こういうことで、長年の間くよくよしていました」ということになった。

若い頃の話だ。今も駄目な私だが、若い頃はもっとひどかった。

ただ、世の中、私みたいな人だっているだろうから、そういう人に私の話を読んで安心してもらえるのではないか？　あるいは、別の感じ方をするいろいろな人に参考にしてもらえることがあるのではないか？

私の愚かな感じ方を、まだ記憶があるうちに書き留めておくことが、今後、誰かしらのためになるかもしれない。

何度も書いて恐縮だが、「ブス・バッシング」のことを、やっぱり、もっと丁寧に記しておきたい。

ここ数回、サブタイトルを「新聞様」としている通り、私は新聞に複雑な思いを抱いている。端的に言うと、「なぜ、新聞はえらそうなのか？」と思っている。

しかし、この思いを自分で肯定したくはない。

決して、「実際に新聞というものはえらそうなものなのだ」「みんなも新聞の態度はおかしいと思うでしょ？」ということではなくて、私と新聞の関係性の問題というか、「作家として仕事をしてきた中で感じるものがいろいろあり、不出来な人間である私は新聞に対していろいろな感情を湧き起こらせてしまったので、それを文章に起こしてみたい」ということなのだ。「新聞の責任追及」「特定の新聞社の批判」という大きなコラムではなく、「ある性格の悪いひとりの人間が、新聞に接してどのように心を動かしたか、という記録に、何かしらの意義が出るかもしれない」という小さなエッセイとして楽しんでもらえたらありがたい。

二〇〇四年（今、執筆しているのは二〇一八年なので、もう十四年も前のことだ）に私は作家としてデビューした。

二十五歳のとき、会社員をしながら執筆し、出版社に小説を投稿した。それが文藝賞という新人賞を受賞し、雑誌に掲載され、その一ヶ月後に単行本化された。一応、私はそれをデビューと捉えている。

その際、ホテルの広間で授賞式が行われた。

壇上から挨拶をする、というのはもちろん、人前に出る、というのも初めてのことだった。私は子ども時代から大学時代まで、「長」が付くものは班長さえやったことがなく、ひたすら「平」の人生だった。

会社員になってからも、人前で発言するような職には就いておらず、地味な下っ端仕事をしていた。

名刺をもらう、という経験もほとんどなかった。

だから、二十六歳になったばかりの私は、ものすごく緊張していた。

会場には大勢の人が集まった（文藝賞出身の綿矢《わたや》りささんが数ヶ月前に芥川賞を受賞して大きな話題になっていたことが理由で、当時、文藝賞に期待してくれる記者さんや編集者さんがたくさんいた）。

こんなにたくさんの人が作品を知ってくれている。チャンスだ、と思った。

普段が地味な人間は、加減がわからないものだ。

「チャンスだから、弾けなければ」「本をしっかり売って、期待してもらい、次作も出してもらえるようにしなければ」と強く思っていた私は加減なんて考えずに頑張った。

ペンネームに「山崎ナオコーラ」というふざけたものを用意したのも、これまでの人生であだ名を付けられたことがまったくない人間の弾けっぷりだったと振り返るし、タイトルを『人のセックスを笑うな』としたのも、下ネタをまったく口にしたことがなく、「セックス」という言葉を発音したことさえなかった私だったからこそ、「書名にはインパクトを」と世間の怖さを知らずに出せたタイトルだったと思う（ちなみに、作品の内容は「淡々とした恋愛小説」で、たいしてエロくはなく、結構落ちついている）。

でも、多くの読者は普段の私を知らないわけで、「変なのが出てきた」「派手なおばさんが作家になった」という風に感じただろう（同時受賞の『野ブタ。をプロデュース』の白岩玄《しらいわげん》さんが二十一歳で、他にも若くしてデビューする作家が多い時期だったことから、二十六歳はババア扱いだった。ネットでも「ブス」と並んで「ババア」という言葉がたくさんあった。『人のセックスを笑うな』が二十歳差の年の差恋愛を描いた作品だったこともあって、実年齢より上に見られることも多かった。このデビュー作は、男の子が十九歳から二十二歳になる三年間を描いた一人称小説なのだが、性別を理由に恋愛相手のヒロインに作者が重ねられがちでびっくりした）。

受賞者の挨拶では、「これから作家として活躍します。選んだことを後悔させませんせん」といったことを胸を張って言った。

すると、会場から「おおー」というどよめきが聞こえた。

そのときの私は「うまく言えたから、感心してもらえた」と思ったのだが、後から考えれば、「変なのが出てきた」「生意気」「尊大」「初々しさがない」という風に捉えられたのだと思う。「地味な会社員」という自己認識を持っていた私は、「精一杯に派手に振る舞って注目を集め、本を売るのが作家の仕事だ」と思って頑張ったのだが、その作家が普段は地味な会社員だなんてみんなは知らないし気にしないわけで、ただの「派手なおばさん」「叩いても平気そうな、強い人間」となったに違いない。

挨拶のあとは、「ご歓談を……」というような時間になって、たくさんの人が私に挨拶をしてくれ、名刺を渡してくれた。

「自分なんて者に挨拶してくれる大人がいるなんて！」という驚きと喜びでいっぱいで、名刺をくれた人の名前と顔はほぼ覚えた。もらった名刺は帰宅後に大事にファイリングして、どんな人だったかを裏にメモした。デビューから数年の間は、パーティーなどでひと言ふた言挨拶を交わしただけでもその人を覚えることができて、一度でも会った記者さんや編集者さんに再び会ったときは「〇〇さん」と名前が言えた（正直、今は名刺をくれる人が減っているのに、全然覚えられない）。

だから、そのときに、朝日新聞の記者さんが、私に挨拶をしながら、名刺をくれて、「記事にします」と言ったあと、

「最初に新聞に載る顔写真は大事ですから」

と白い壁の前に私を立たせて写真を撮ってくれたシーンは、今でも思い出せるのだ。

本が出ることは自分にとってはものすごく大きな出来事だったが、新人賞をもらったぐらいのことは世間的に大きいことではないので新聞に顔写真が載るとは予想していなかった。だから、驚いた。

その翌日、本当に顔写真入りで新聞に私の記事が出た。

朝日新聞と、もうひとつ、Y新聞にも載った。

Y新聞の方が、記事も写真も大きかった。

私は、Y新聞の写真を見てショックを受けた。自分からすると、「ひどい写真」だったから

だ。

当時の私は「自分の筆名をインターネットで検索しない方が良い」ということを知らなくて、何か書かれたら受け止めることも作家の仕事だと思い込んでいたため、匿名掲示板や個人ブログなどをきちんと読むようにしていて、「ブス」はもちろん、もっと過激な言葉で私が批判されているのをすでに認識していた。この状況の中、この写真が出たら、もうおしまいだ、と思った。

勤めていた会社に出社すると、上司から、

「新聞に出ていたね。目が半開きだったけれど、あの写真でいいの?」

と聞かれた。

学生時代の友人から、

「新聞に載っていたね。髪をショートに切ったんだね」

というメールが届いた。

「あはは」と笑って誤魔化しながら、そうだよね……、と私は心の中で考えた。

私は一重まぶたで、目がちゃんと開いているような写真を撮るのは難しい。でも、いくらなんでも、この写真じゃなくったっていいんじゃないかな、と思ってしまう。記者さんは、ご自身が、あるいは家族や知り合いが新聞に載るというときに、こういう写真を選ぶだろうか？　目線がある良い写真が撮れなかったのなら、少しぐらい横向きでもいいから、悪口を言われなさそうな写真を掲載してもらいたい、と、ご自分が新聞に載るときだったら思うのではないか？

それと、当時の私の髪型は肩ぐらいまでのボブだったのだが、どうも頭の形がおかしい。友人が「ショートに切ったんだね」と思ったのは、写真の中の私の頭が、画像処理されているからではないだろうか？　想像するに、私の後ろに、黒い影か、あるいは物があって、髪の毛と背景が同化してしまっていたため、新聞記者さんが頭の形をトリミングしたのではないだろうか？　ジャケットを着ている肩のラインも、角度がおかしい。ものすごく撫で肩というか、不自然な形に見える。いや、他の人から見たらそんなに変ではないのかもしれないが、本人としては、自分の肩の形とは違うと感じる。おそらく、頭と肩を切り抜いて、背景を白に変更したのではないだろうか。

ここまで読んで、「それぐらいのこと、別にいいじゃないか」と思った人もいるかもしれない。「そんなことを今さらくよくよ書いて、小さい人間だな」という感想を持つ人もいるだろう。確かにそうだ。自分でもそう思う。写真が、自分で良いと思えるものではなかった。写真が、ちょっと処理されていた。本当に小さなことだ。それを長年忘れずにいる自分は、小さい人間だ。新聞批判ではないと言いながらも批判に見えるような文章になってしまっているし、もう書くのをやめた方が良いのではないか？　とも省みる。ただ、こういうことでくよくよしてしまったり、心が弱くなってしまったりする人もいるのだということは書いておきたい、意見というより記録として、とも思うのだ。続けて書かせてもらう。

髪型や肩のラインは、人間の印象を大きく変える。「変な写真を載せないで欲しい」という思いを、「女性のわがまま」「美へのこだわり」「承認欲求」という風に捉える人もいるだろう。でも、私は、「きれいに写りたい」「美人になりたい」とは思っていなかった。「この写真をきっかけに、人権侵害と言っていいほどの激しい罵詈雑言《ばりぞうごん》がインターネットに溢《あふ》れる」「これから作家として仕事を頑張ろう、というときに、容姿への中傷のみが注目されて挫《くじ》ける」「これを避けられるのなら、どんなことでもしたい」と思っていただけだ。

犯罪の加害者だったら、こういう顔を晒されても仕方ないだろう。目の位置や鼻の形がわかるのが大事に違いない。

でも、新人賞を受賞しただけの二十六歳の地味な会社員を、こういう写真で世間に晒す必要はあるのか？　と当時の私は疑問を抱いてしまった（その作家が地味な会社員かどうかは世間に関係ない、ということを当時の自分は理解していなかった）。

ぐっと我慢すれば、そのうち通り過ぎていく、新聞は毎日出る、とは考えた。

しかし、翌日、当時、少しの間だけ私の担当をしてくれていた編集者さんからメールが届いた。

「この写真は、ひどいよね」

とY新聞のインターネット記事のURLが貼ってあった。クリックすると、私の記事に繋《つな》がり、画像の部分をさらにクリックすると、パソコンの画面いっぱいに私の顔が広がった。

Y新聞の記事は、インターネット版にも掲載されていたのだ。

現在の新聞のインターネット記事は、有料版でしか見られないものが多い。また、画像のほとんどが埋め込み型で、画像を個人のパソコンに保存することはできないし、拡大機能も付いていないように思う。でも、その頃は、ほとんどの記事が無料で見られた。また、写真の脇に虫眼鏡のマークが付いていてそれをクリックすれば拡大して見ることができたし、写真の下に小さく「無断転載を禁じます」という注意書きこそ添えてあるもののクリックひとつで誰でも簡単に保存することができた。

紙媒体だったら、ぐっと堪えていれば、被害は数ヶ月で薄らぐ。でも、インターネットは、おそらく、十年も二十年も続く。

私は目の前が真っ暗になり、

「Y新聞の記者さんに、この写真を削除してもらえるよう、頼んでみます」

と編集者さんに返信した。

そして、名刺ファイルをめくった。だが、Y新聞の社名が書いてある名刺が見つからない。そう、そもそも、Y新聞の人と挨拶を交わした記憶が私にない。

つまり、Y新聞さんは、私が壇上で挨拶しているときに、さっと写真を撮って、さっとお帰りになったのだろう。だから、目線のある写真は撮れなかったし、白い壁の背景の写真も撮れなかった。合点がいった。

朝日新聞の方が丁寧に接してくれたから、写真というのは相手に断って撮影して記事にするものだと思い込んでしまっていたが、冷静に考えてみれば、事件などの場合はさっと撮ってそのまま記事にしているはずだ。それに、新人作家の小さな授賞式に長居する記者は少ないのに違いない。取材対象はたくさんいるから、他のイベントへどんどん移動しなければならないだろう。

（また、その後に新聞の取材をいろいろと受けていくうちにわかってきたのだが、新聞の写真は、記者さん自身がカメラを持ってきて撮影することもあれば、写真部などに所属しているカメラマンさんが別に撮ることもある。雑誌の場合は、フリーランスの写真家さんが撮影することが多く、撮影の前に挨拶があって名刺をくれるのだが、新聞の場合、インタビュー記事でも、カメラマンさんとは挨拶を交わさないことがほとんどだ。これは、きちんと聞いたわけではなく、私の憶測なのだが、「事実を写す」ということを最重要事項として仕事している新聞カメラマンさんは、取材者とフラットな関係を保ち、距離を取るべき、という考えで、取材者に近寄ることをしないのではないか。このときの写真が、記者さんが撮ったものなのか、カメラマンさんが撮ったものなのかは今となってはわからないが、カメラマンさんだったとしたら、挨拶がないのはむしろ平均的な作法だと思う）。

そう、新聞写真で大事なことは、「事実を伝える」ということだ。本人ではない写真を掲載したら大問題だが、本人の写真ならば変な写真でも失礼な写真でも何も問題はない。目鼻立ちがわかって、本人だと特定できることが一番重要だ。

この写真の人物は、間違いなく私だ。自分としては写りが悪いと感じるが、こういう表情をした一瞬があったのは事実だ。

私にとってはつらいとしても、相手に落ち度はない。

どう見ても、撮影者に悪意はないし、手抜きもない。

Y新聞の方は、マナー違反も、法律違反も、何もしていない。まったく問題ない。

でも、でも……、と私は思った。無慈悲じゃないか。

大作家だったら、人気作家だったら、このあとも頻繁に新聞記事になって、顔写真が更新されていくかもしれない。

けれども、私は、これが初めての新聞写真で、次にいつ顔写真が出るかわからないのだ。

この先の数年間、作品を気に入ってくれて、作家名を検索してくれた人は、このY新聞の顔写真を必ず見る。

もう、本は買ってもらえないんじゃないか。

しばらくすると、編集者さんから返信があり、

「新聞記者さんとは良好な関係を保った方がいいです。新聞記者さんへ作家が直接に連絡することはお勧めできません。そんなお願いをして『変な作家』だと思われない方がいいです。この先、また記事を書いてもらえる機会があるかもしれません。ここは、ぐっと我慢するのが得策です」

というようなことが書いてあった。

もっともだ、と、そのときの私は思ってしまった。

なんのアクションも起こさず、新聞写真のことは考えないようにして、執筆に集中するべきだ。

黙って、じっとして、堪えよう。

でも、なかなか執筆に集中できない。

朝日新聞の写真の方はインターネット版に載らなかったので、その後、五年くらいは、私の名前を画像検索すると、このY新聞の顔写真が、ばーっと十個くらいトップに並んだ。

当時はネットリテラシーが浸透していなかったので、たくさんの匿名掲示板や、個人ブログ、まとめサイトが、私への誹謗中傷の言葉と共に、このY新聞の写真をコピーアンドペーストしていっぱい載せていた。

「『人のセックスを笑うな』というタイトルの作品でデビューした自分が悪い」と言われてしまいそうだが、写真をコピーされたあと卑猥な言葉でののしられるのが常で、私はつらかった。デビューの頃は雑誌のインタビューを受ける機会も多かったのだが、当時はまだインターネットと連動している雑誌は少数派で、他の顔写真がインターネット上にたくさん出るということはなかった。また、今でもそうだが新聞の力は絶大だ。Y新聞の写真はなかなか消えないし、目立たなくもならない。

もちろん、もともとの顔がブスなので、この写真だけが問題なわけではない。他の写真でも、「ブス」と言われる。

ただ、自分からすると、雑誌の写真は、「ブスだけど、そういう作家」という雰囲気なのに、このY新聞の写真は、「悪口言われても、平気です」という写真に見える。

「ブス」と言われるのは続くとしても、度を超えている誹謗中傷は、もしも、この新聞写真だけでも消すことができたら弱まるのではないか。

「ブス」ぐらいはいいが、人間性を否定するような悪口や、性的に愚弄するような中傷は、やっぱり消してもらいたい。作家だからといって、これに平気になる必要はないのではないか。

考えない方がいい、考えない方がいい、……と思うのに、考えてしまう。

「どんなに頑張って小説やエッセイを書いても、インターネットでは顔のことだけ批判されるのだろうな」と予想してしまう。

「もしも芥川賞を受賞できたら、他の顔写真もいっぱい載るようになって、Y新聞の写真は埋もれて消えていくかもしれない」

という卑しい考えも湧いてきてしまう。


周囲の人に相談すると、「気にするな」と言われる。

気にしている自分が悪いのか。

しかし、自分では、「いじめに遭っている」という感覚なので、「気にする自分が悪い」という風に納得するのは難しかった。


あるとき、別の編集者さんに相談したときに、

「レイプされているような感じがするんですね」

と言ってもらえた。

私は、すごく嬉しかった。

美人な人が、性的に愚弄されることをインターネットに書かれたら、レイプされている感じ、誹謗中傷、人権侵害、セクハラ被害などと捉えられる。

でも、ブスが、「容姿の批判をされる」「性的に愚弄されている」「画像を貼られる」ということを相談すると、コンプレックスがある、自分で自分のことを気にし過ぎている、美人ではないせいで自己評価が低い、自信が持てていない、承認欲求が強い、仕事に集中していない、といった「内面の問題」「本人の問題」と処理されがちだ。

けれども、本当に、「レイプされているような感じ」と言ってもいいのではないか。ブスがセクハラを受けることもあるのではないか。自分の内側のこととしてではなく、いじめのような、セクハラのような、そういう、他者から受けた「被害」として、この問題を捉えてもいいのではないか。

周囲への批判は良くないとしても、「この経験は、つらかった」と喋ることを我慢する必要はないのではないか。

そうして、デビューして五年ぐらいが経過した頃、プチンと気持ちが切れた。

第二十一回　新聞様（五）　くだらない話の続き

デビューして五年目ぐらいのとき、Y新聞からインタビューの依頼をもらった。大変ありがたかった。

普段の執筆場所で取材を、というお話だったので、ファミレスで写真を撮ってもらい、インタビューを受けた。このときの写真は素敵に撮ってもらえて、とても嬉しかった。

インタビュアーである新聞記者さんは優しそうな雰囲気で、文学を本当に愛していそうだった。

つつがなくインタビューを終え、無事に記事が掲載され、その仕事が終わったあと、私は勇気を出して、デビュー時の顔写真の削除をお願いしてみようと考えた。

あの、文藝賞デビューを紹介するインターネット記事は、依然として残っていた。

私としては、「文章はそのままで構わないので、顔写真だけ外してもらいたい」という願いがそれほどいけないことだとは思えなくなっていた。私の顔写真が除かれたからといって不利益を被る人がいるとは思えない。それに、削除の作業はそれほど煩雑ではないはずだ。そんな風に考えて、気持ちを奮い立たせた。

編集者さんからもらったアドヴァイスでしばらく気にしてしまっていた「新聞記者さんに直接に何かをお願いすると、『変な作家』だと思われる。今後、新聞記事で取り上げてもらえなくなるかもしれない。新聞記者さんとは良好な関係を保った方がいい」という考え方に、五年目の私は疑問を抱くようになっていた。

新聞は公平な媒体であるはずなのに、なぜ取材される側がペコペコしなければならないのか。良い記事を書いてもらえるように、というスタンスで取材者に接するなんて愚の骨頂ではないか。芸能人ではなく作家なのだから、媒体との関係を、「使ってもらう」という気持ちで築くのは、むしろ避けるべきだ。大企業に対して萎縮するなんて、作家の姿勢としてあるまじきことだ。主張したいことは、主張した方がいい。たとえ相手が新聞記者でも、ただの人間関係だ。礼儀はわきまえるとしても、フラットな立場から関係を築くべきなのではないか。

また、「たとえ相手が組織でも、『一緒に仕事をしている』というスタンスで臨むのが良いのではないか」とも五年目の私は思っていた。

デビューから少しずつ仕事が増えていき、大きい出版社とも遣り取りをするようになり、また、何度か自作が芥川賞候補作になって社会的に色々言われ、個人でフリーランスとして働いている自分がどのように組織や集団と対峙していくべきなのか、幾度となく悩んだ。

そうして、私の場合は、たとえ集団を相手にしても、たとえ自分よりも頭が良くて社会的地位が高い人が相手でも、対等な立場から、「一緒に仕事をしましょう」という気持ちでやっていこう、と考えることにした。たとえば、芥川賞などの文学賞の候補作は、出版社内にある運営団体から「あなたの著作を候補作にしてもいいですか？」という打診が事前にあり、こちらが「それではお願いします」と了承して、選考がスタートする。一出版社が主催する一イベントとしての文学賞に参加し、盛り上げに一役買う、ということだと私は理解した。候補作を発表せずに受賞作のみを発表するよりも、他の候補作をいくつか発表して、「これらの中からこの作品が受賞作として選ばれました」と発表する方が社会的に注目度が上がり、盛り上がる。世間は競争が好きだ。文学を社会的ニュースにするにはコツがいる。候補作にすることを了承する自分の側には、もちろん、「受賞したら嬉しい」という下心がある。でも、それだけではなく、「たとえ落選しても、低迷する文学シーンの盛り上げに一役買った」「たとえ自分の名が残らなくとも、文学者として、日本文学史を作る一助になる仕事を果たしたのだ」と思えるところにも私は意味を見出していた。つまり、出版社や運営団体に対してペコペコする必要はなく、フラットな立場から、「一緒に仕事をしましょう。一緒に文学シーンを盛り上げましょう」という思いで参加すれば良いのだ、と解釈するようになっていた（もちろん、そんなことは口には出さず、粛々と事務作業や事前取材をこなすだけなのだが）。

新聞記事も同じではないか。新聞社は強大だし、頭が良くて社会的地位が高い人が集まっている。一方の私は、たいして頭の良くない、なんの社会的地位もない、売れない作家だ。でも、萎縮してペコペコする必要はない。「文学を社会的ニュースにしたい」という同じ思いを持つ同志として、一緒に仕事をすれば良いだけなのではないか。

「変な人に思われるかもしれない」「嫌われるかもしれない」「良い関係ではなくなるかもしれない」といったことを気にして、言いたいことを飲み込む必要はない。

インターネット上に自分の写真があることによって自分は性的に愚弄され、度を過ぎた誹謗中傷に苦しんでいる。この写真を取り除きたい。それを記事元にお願いすることが、そんなに変なことだろうか。私には、そうは思えない。


そういうわけで、そのファミレス記事でお世話になった新聞記者さん宛てにメールを送った（デビューから五年経って、やっとY新聞の記者さんのひとりから名刺がもらえて、連絡先がわかったというわけだ）。

五年前のその記事のアドレスを貼り、この記事中の私の写真だけ削除していただけませんでしょうか？　とお願いした。優しそうな記者さんだったので、話を聞いてもらえるのではないか、と期待していた。

しかし、「できません」という返信だった。配信した記事は新聞社に属するものだということ、すでに公開した記事を変更することはできないということ、編集権は新聞社にあるということとが理由であるらしかった。

私はさらに返信した。この写真があることによって自分は誹謗中傷を受けているのだということ、すでにコピーアンドペーストされて拡散しているのですぐには消えないだろうが大元であるこの記事の写真がなくなれば被害が縮小するに違いないこと、もしも記者さんのご両親や奥様や妹さんやお子様が新聞に載る場合でもこのような顔の写真を載せることに抵抗はないですか？　誹謗中傷を受けても堪えるべきだと家族に言いますか？　という疑問……、情に訴える長文を送ってしまった。

すると、写真を消してもらえた。担当者に無理を言ってくれたのかもしれない。深く感謝した。

とにかく、ホッとした。

大元の写真がなくなったので、次は「個人ブログやまとめサイトなどに転載されている写真をひとつひとつ消してもらう作業に入ろう」と考えた。サイトの管理者ひとりひとりに向かい合って、メールでお願いしてみよう。

ただ、私には自分のメールアドレスが匿名掲示板に貼られて困った経験があり、メールアドレスを先方に伝えるリスクを鑑《かんが》みて、普段使用しているメールアドレスは使わないことにした。

新しいメールアドレスをグーグルで作って、そこから丁寧な文章のメールを、媒体責任者に送ろう。

個人ブログやまとめサイトには、コメント欄や連絡先が付けられているものが多かった。挨拶をして名乗ってから、写真の無断転載は禁じられていること、添えられている文章は人権侵害であり営業妨害であること、とはいえ文章はそのままでも良いので写真だけは消してもらいたいこと、消してもらえないのなら弁護士に相談したいと思っていることを、怒りが伝わらないよう、落ち着いた優しい文章を心がけて書いた。

すると、大抵の個人ブログやまとめサイトで写真も誹謗中傷の文章も削除してもらえた。

相手は人間なのだ、と思った。

なかなか削除してくれないところには、「あなたの家族がこのように写真を載せられていても平気ですか?」という疑問など、情に訴えることも綴って、何度か送った。

もちろん、それでも無視されてしまうこともある。

また、コメント欄がなく連絡先も掲載されていないブログやまとめサイトや、数年間放置されて更新が滞っているものもあって、消してもらえないところもあった。

けれども、地道にひとつひとつお願いしてまわったら、数年かかったが、かなり消すことができた。

これで、Y新聞の写真のことは、私の中で消化することができた。

今、あの写真はインターネット上でほぼ見当たらない。

そして、ブスと言われることはあっても、グロいことやエロいことやひどすぎる中傷はどんどん減っていき、今ではほとんど目にすることがなくなった。

後日談だが、ある年、Y新聞のファミレス記事のあの記者さんに年賀状を送ったことがあった。

年賀状を送った理由は、その年に私は引っ越しをして、けれども、いそがしさにかまけて「転居のお知らせ」をサボってしまい、ほとんどの人に新しい住所を伝えていなかったから、「転居のお知らせ」がわりに年賀状を送ればいいや、と安易に考えてしまったのだった。仕事相手などにも、その年はたくさんの人に年賀状を出した。出版社や新聞社は、作家の住所や連絡先を会社のデータとして登録しているらしかったので、それを変更してもらいたい考えもあった。気持ちとしては組織に自分の名を登録なんてされたくなかったが、郵便物をもらった際に別のところに届いて受け取れない方が困る。だから、一応、新しい住所を方々に伝えておこう、と思った。挨拶文はあまり思いつかなかったので、「引っ越しました。これからもよろしくお願いします。今年も小説がんばります」というたいして意味のない型通りの文を何枚も書いて、出版社や新聞社の担当さんや仕事相手に送った。

すると、Y新聞のあの記者さんから返信があって、「批評は、平等に取り上げます」とだけ書いてあった。

どういう意味だろう？　私は首を傾げ、しばらく考えてから思い当たった。この記者さんは、新聞の文芸月評の欄を担当しているから、私から年賀状が届いたことを、「月評に自作の小説を取り上げられたがっている」「作家からのゴマすり」と捉えたのに違いない。私は顔から火が出そうになった。

恥ずかしい。「誤解だ」と返信したくなった。でも、それはやり過ぎで、さすがにおかしいので、ぐっと堪え、スルーすることにした。

それにしても、作家が月評に作品を取り上げられたがっているなんて記者が思うのは驕りではないか、とちょっと憤りも感じた。

新聞記者が文芸批評を書くという仕事ができるのは、作家が作品を発表するからだ。作品がなければ、批評という仕事は成り立たない。

「文学を社会的ニュースにする」という同志として、作家や記者が一緒に仕事しているだけではないか。

こっちは、ペコペコしてまな板にのる気はない。

一緒に仕事がしたいだけだ。

なぜ、年賀状を送っただけで、ゴマすりと捉えられなければならないのか。対等な人間関係として挨拶しただけ、という捉え方はされないのか。

また、正直なところ、その頃の私は、批評に取り上げられることを好ましく思っていなかった。私はデビューしてすぐにあちらこちらの媒体で取り上げられた。そのため、ゆっくりと歩みを進めた作家と違って、「媒体で取り上げられる幸せ」「批評される喜び」に疎かった。それよりも、「また、顔写真が載る（新聞の文芸欄に批評が出ると、その新聞社で以前に撮った写真が無断で再利用される）」「悪口を言われる（多くの批評が厳しい。どうしても作家には褒められたときよりもけなされたときの印象が強く残るものだ）」という思いが強く、むしろ、そっとしておいて欲しかった。「ペコペコしてでも批評に取り上げられたい」なんて、思うわけがなかった（その後、デビューから十年以上が経って、取り上げられる回数が減り、また、人間として成長して様々なことがわかってきて、今では「たとえ悪口でも、取り上げられるのはありがたいことだ」という心に変わってきたが）。

とにもかくにも、それ以来、私は不必要に新聞記者や批評家に連絡したり連絡先を交換したりすることをやめた。ゴマすりと思われるなんて、屈辱だ。

普通に人間関係が築けそうな人とだったら、連絡し合いたいが、慎重になるにこしたことはない。

ダウンタウンの松本人志さんが、あるバラエティ番組の中で、ＮＨＫの紅白歌合戦に出場した際のことを振り返り、こんなことを言って憤っていた。

「ＮＨＫの偉いさんが『この度はＮＨＫ紅白歌合戦初出場おめでとうございます！』って。『ありがとうございます』ちゃうねんで！」

紅白歌合戦に出場する人は事前にNHKの重役の面接を受けなくてはならないそうで、その場でそういう挨拶があったらしい。

確かに、NHKの紅白歌合戦への出場は社会的ステータスになることで、家族や親戚に喜ばれる、めでたいことかもしれない。

でも、仕事だ。

番組制作者のやりたいことと、演者のやりたいことが一致しているから、一緒に仕事をしよう、というそれだけのことだ。お互いに、「盛り上げに参加してくれてありがとう」「参加させてくれてありがとう」ということだろう。

それと同じで、「新聞記事になることは、社会的ステータスになることで、家族や親戚に喜ばれることだから、取材される側はありがたく思うべきだ」という新聞記者の心がありはしまいか。

しかし、これは仕事なのだ。

「一緒に仕事をしよう」。それ以上でもそれ以下でもないのではないか。

私としては、これからも、下からでも、上からでもない、対等な立場から、媒体との関係作りに臨みたい。

そして、「自分の顔は、自分のものだ」と堂々と主張したい。

正直なところ、私の顔なのに、「新聞社に属しています」と言われたことに、私は今でも納得がいっていない。

顔写真を勝手に撮られて、それが無断で掲載されて、その後の経過がとても悲しくつらいことになったのに、「この顔は、撮った人のものです」と写真の削除を断られ、本来の顔の持ち主の悲しみはないがしろにされる。

承服できない。

撮影ってなんなのか？　顔は誰のものなのか？

疑問がどんどん胸に浮かび、何年経っても消えない。

今回書いたことは、賛否両論ありそうだ。私は、「怒られそう」とビビっている。

これらの文章を、不快に感じた人もたくさんいるだろう。

「何も、新聞社が悪く取られそうなことを書く必要はなかったのでは？」という意見もあるに違いない。

私としても、新聞社や記者さんが悪く取られることは望んでいない。精一杯、気を遣ったつもりだ。誰かを傷つけたいという気持ちは皆無だ。

ただ、相手が新聞社という強い組織であり、反論の場を持たない個人というわけではないことも鑑みて、書かせてもらった。

うまく喋れそうになくて、陰口みたいになるのは避けたかったので、Y新聞の記者さんとの遣り取りに関しては、友人にも、家族にも、他の仕事相手にも、誰にもこれまで言ったことがなかった。

でも、「対等な関係のはず」というのは、どこかで文章にしたくて、ずっとくすぶっていたので、自分としては、今回、書けて嬉しい。

記者さんには、「対等な関係で仕事をしている」という感覚があまりなく、「作家を応援したり成長を手伝ってあげたりしている」という感覚が強いようにも思う。

新聞記事や文学賞や出版などの仕事で、たびたび「(若い女性を)育ててあげる」という視線を感じることがあった。でも、こちらとしては、決してボランティア団体や公共機関に応援をお願いしていたのではなく、企業と一緒に仕事をしていた。

企業には、仕事だという自覚を持ってもらいたかった。

第二十二回　痴漢（一）

これから三回に分けて、日本で多く起こっている性犯罪、痴漢について考えてみたい。

ただ、多くの専門家がこの問題に取り組んでいるので、今回は、私のやるべき仕事である、「ブス」の観点からのみ書かせてもらう。

駅の痴漢撲滅《ちかんぼくめつ》のポスターに対して、私はちょっと不満を抱いている。しかし、私以外の人からは不満を聞かないので、私だけが抱いているのかもしれない。

不満は、女性の被害者のかわいらしい顔が大きく描かれていることに対して抱いている。

殺人や暴力や盗難や詐欺や交通事故などを撲滅しようとするポスターの場合は、被害者のヴィジュアルが大きく描かれることはない。

ポスターだけでなく、犯罪を抑止するための文章や動画でも、他の犯罪の場合は、被害者をフィーチャーするのではなく、むしろ犯罪者をフィーチャーして犯罪の恐ろしさを伝えているように思う。また、被害者のキャラクターイメージを固定しようとすることはあまりない。

でも、痴漢撲滅運動では、被害者だけが取り上げられることが多く、しかも、想定されている被害者のキャラクターが大体似ている。

「ポスターの一番の使命は目を引きつけることだ」と考えるなら、確かに、「女性のかわいらしい顔」は効果的かもしれない。「幼さの残る『若い女性』の困り顔」はロリコン大国である日本人の大好物だ。

だが、たとえ、「注目を集められる」というメリットがあるとしても、デメリットも多数あるんじゃないか、と私は思うのだ。

まず、一つ目のデメリットは、被害者側に犯罪が起こる原因があるという間違った認識を作り出すきっかけになっていることだ。

先日、斉藤章佳《あきよし》さんの『男が痴漢になる理由』（イースト・プレス）という本を読んだ。痴漢を撲滅するには、加害者を治療することが一番有効であるらしい。痴漢という性犯罪は、犯罪を起こしている側の「認知のゆがみ」から起こる。女性蔑視の考えを持つ人が、ストレス発散のために、女性に対して「捕まりそうで捕まらない犯罪」を起こしたいと考える。性別に対して間違ったイメージを持っているため、実際に犯罪を行ったあと、「本当に捕まったら困る。人生が終わるのは嫌だ」と自分の気持ちは考えるが、被害者の気持ちは考えられない。ただ、「捕まるか捕まらないか」のスリルだけを楽しむ。加害者の多くが、犯罪時に勃起していないらしい。つまり、性欲を満たすことではなく、スリルを求めている。性欲が強くて衝動が止められないわけでも、好きな人や美人に触りたくて我慢ができなくなったわけでもなく、常識から逸脱した行動でストレス発散をしたいだけなのだ。このような状態になった場合は、精神科へ行くべきなのだが、病院を訪れる犯罪者は稀《まれ》だという。痴漢の常習者は、妻や子どもに対しては優しく、普通の家庭人であることが多いらしい。それが逆に来院のハードルを上げているのかもしれない。とにかく、被害者には犯罪が起きる理由はまったくなく、変わるべきは加害者なのだ。

だが、痴漢という犯罪を、犯罪者側に立って検証するこのような本は珍しい。ポスターでも痴漢犯罪者はまったく描かれないので、「被害者のかわいい困り顔」が痴漢という犯罪の芯にあるようなイメージが社会に広まってしまっていると思う。

二つ目のデメリットは、男性被害者が想定されにくいということだ。先ほど、痴漢犯罪者は「女性蔑視の考えを持つ」と私も書いてしまったが、「男性蔑視」もある。少数だが、女性の痴漢犯罪者が男性の被害者を犯すこと、男性の痴漢犯罪者が男性の被害者を犯すことがある。こういったケースをすくい上げにくくなってしまっている。

三つ目のデメリットは、ブスの被害者が想定されにくいということだ。痴漢の被害者は、かわいい人や美人だけではない。

先ほど書いた通り、痴漢犯罪者は、好きな人や美人に対する性的欲求が抑えられずに触るのではなく、常軌を逸した行動でストレス発散をしている。つまり、相手はブスでも構わないのだ。

しかし、世の中の多くの人が、「痴漢犯罪者は、かわいい女性や美人を対象にして犯罪を行っている」という思い込みを持っているのではないか？

世の中のほとんどの人が犯罪者ではないので、痴漢犯罪者の気持ちがわかる人などあまりいないはずなのに、多くの人が、痴漢問題に際して、犯罪者はかわいい女性への性的欲求が抑えられないのだ、とまるで誰かからきちんと教わったかのように信じてしまっている。あなたも、「かわいい人は大変だ」「かわいい人が困っていたら助けよう」といったことを漠然と思っていないか？

テレビや雑誌などのメディア、あるいはＳＮＳで、痴漢などの性犯罪について意見を言ったり、被害に遭った経験を告白したりした人に、「お前みたいなのが、被害に遭うわけがない」といったバッシングが起こることがよくあるらしい。どうしてそうなるのか。痴漢犯罪はたくさん起きているが、とはいえ世の多くの人が犯罪者ではない。だから、おそらく、バッシングをしている人は、痴漢犯罪者ではない。痴漢をしていない普通の人が、「お前みたいなのが、被害に遭うわけがない」「自意識過剰だ」と言っているのだ。痴漢犯罪者の気持ちなど知らないはずなのに、おかしなことだ。でも、こういうバッシングはよく起きる。

そこで、私としては、「ブスも痴漢に遭う」ということを周知したい。

痴漢被害に、容姿は関係ない。美人もブスも被害に遭う。

私は、これまで何回か、「痴漢に遭ったことはありますか？」という質問を受けたことがある。どうしてそういった質問が私に対して軽く出されるのか。理由は、「かわいいタイプの人ではないので、痴漢に遭ったことはないだろう」という予想が前提にあるからに違いない。痴漢に遭ったことがありそうな人に、「痴漢に遭ったことはありますか？」と尋ねるのは、かなり気を遣うはずだ。でも、「痴漢に遭ったことはないです」と答えそうな人になら、質問しやすい。

「痴漢に遭ったことはありますか？」

そう聞かれたとき、

「あります」

と私は正直に答える。

すると、相手は、「そうですか……」ともごもご言って、それ以上は何も聞いてこない。つまり、予想と違う答えだったのだ。

深く聞こうとされないので、これまではそれ以上のことを言ってこなかった。

だが、ブスも痴漢に遭うということの周知のために、「私は高校生だった頃と大学生だった頃に何回も痴漢に遭った」と、ここに書いておこう。十回以上ある。ただ、グロいことを書き過ぎたら読む側も気持ち悪くなるだろうし、エピソードとして細かく記すのは自分の心理的負担が大き過ぎるので詳細は省く。

場所は、大体が満員電車だ（通学途中だ）。

痴漢とは少し違うかもしれないが、道で下半身を露出しながらこちらを追いかけてくる犯罪にも二度遭った。

被害は高校生の頃が主で、二十一、二歳ぐらいになったあとはまったくなくなった。

年齢が上がってから被害に遭わなくなった理由について、「犯罪者は若い女性を好むから」「容姿が衰えたから」「体型が変わったから」と思う人もいるかもしれないが、私の推察は違う。

私は、十代の頃、ものすごくおとなしかった。無口で、人見知りで、初対面の人とは口がきけなかった。おそらく、それは誰の目にも明らかだった。見るからに、地味で、おとなしそうだった。犯罪者は、そういう被害者を求めている。捕まるか捕まらないかのぎりぎりの逸脱行動を取りたいのだろうが、本当に捕まったら困るはずだ。交番に駆け込みそうな人や、反撃をしそうな人、言葉をしっかり返してきそうな人は、被害者にしたくない。

だから、「好みのタイプ」や「美人」よりも、「おとなしそうな子」を探している。もちろん、犯罪者もブスよりはきれいな人が好きだろう。もしかしたら、「美人でおとなしそうな子」がいたらその方がいいのかもしれない。でも、そうそういないので、「ブスでおとなしそうな子」も対象になる。

（ただ、「痴漢被害に遭ったから、自分はブスなんだ」と思う読者がいたら困るので念のため書いておくが、もちろん、美人も被害に遭う）。

たぶん、「気の強そうな、すごい美人」よりは、「気の弱そうな、すごいブス」を加害者は選ぶのではないだろうか。

大人になってから、「どうしてあのとき、『嫌だ』と言えなかったのだろう」「ああ言えばよかった」「こうすれば良かった」「周囲の人に助けを求めれば良かった」「もしも、あのとき、きちんと対応できていたら、どんなに自分に自信がもてたかわからないのに」「きっぱりとしたことが言えていたら、かっこいい自分になれたかもしれないのに」と何度も後悔した。でも、十代後半は、子どもなのだ。二十二歳になったら簡単にできるようになったことが、十八歳のときはどうしてもできなかった。ものすごく簡単なこと、たとえば、叫んだり、「やめろ」の三文字だけでも口から出したりすることが、なぜかできなかった。どのタイミングで、どれくらいの声量で、どのような言葉を発するのが正解なのか、わからなかった。「犯罪をやめさせられるならなんでもいい」ということも、「正解などない」ということもわからなかった。恥の基準もわからなかったし、自分の体をどの程度大事にすべきなのかもわからなかった。そういうことがわかっている、しっかりした高校生も世の中にはいるに違いないが、少なくとも私の場合は子どもだった(それが悪いことだとは思っていないし、そのせいで犯罪が起きたとも思っていない。ただ、「ブスが被害に遭うわけがない」としつこく思っている読者がいると思うので、どういう雰囲気なのかを書いておいた方が理解のきっかけになると思って書いた)。

痴漢犯罪者は、そういう「おとなしさ」「未熟さ」を狙う。卑劣だと思う。

そういうわけで、もちろん変わるべきは痴漢犯罪者だ。病院で治療を受けて欲しい。

それだけでなく、「被害者を助けよう」と思っている優しい人に対しても、「もう一歩進んで欲しい」という高望みをしたい。

「被害者は、かわいい女性」というイメージを広げる痴漢撲滅ポスターは、ブスが声をあげにくい社会を作るとわかって欲しい。

「ブスが被害に遭うわけがない」という空気の中で、被害を訴えたり、痴漢についての意見を言ったりするのはかなり大変だ。高校生の私はいろいろわからなかったが、自分みたいなブスが「痴漢に遭いました」と言ったところで周囲の人が信じてくれるものなのか、心配してもらえるものなのか、そこが一番わからなかった。

第二十三回　痴漢（二）

小学一年生のとき、通っていたスイミングスクールでスキーキャンプが開かれた。大きなリュックを背負い、バスに乗り、冬山へ出かけた。コーチが引率し、大きい子がリーダーになって小学一年生から六年生までの子が一緒の部屋で寝泊まりするのだが、私には友人がひとりもおらず、二泊三日の間、ひと言も口がきけなかった。コーチと慣れ親しんでいるわけではないし、人見知りでおとなしい自分が楽しめるわけがないイベントだった。

なんで行ったんだろう？　今となっては不思議だ。まあ、行った方が親が喜ぶ、とか、行ったら成長できる、とか、そういう打算があったのかもしれない。

私は、おもらしもおねしょも全然しない子だった。私の記憶にあるおもらしは、このスキーキャンプのときだけだ。

大人になった今は、「トイレどこですか？」「練習の途中ですが、トイレ行ってきてもいいですか？」と尋ねるのにちょっと恥ずかしさがあるとしても、おもらしをするよりはずっと恥ずかしくないことがわかる。また、どうしても口に出すのが難しかったら、おもらしするよりは、たとえ団体行動をちょっと乱すとしても、勝手にトイレに行ってしまえばいいとも思う。そもそも、尿意は数時間置きに起こるのだから、変なタイミングでもいいから、空き時間があったら、黙って部屋を出て、事前にトイレに行っておいたらいい。それもわかる。

でも、子どもの心は不思議な動き方をする。尿意をずっと我慢できないことはわかっているのに、「トイレに行ってきます」ということがコーチに向かってどうしても言えない。ホテルの部屋で休んでいても、一年生から六年生までの十人くらいのグループから黙って抜けてひとりでトイレに行ってくる、ということになぜか高いハードルを感じる。

合っているタイミングで、きちんとしたセリフで、適切な音量で、「トイレに行ってきていいですか?」と言わなくてはならないような気がしていた。「トイレに行ってきていいですか?」の正解を出さなくてはならない、みんなはその正解を知っている、と思う。

小学一年生の自分にとって、知っている人のいない宿泊中、トイレに行くのはすごく難しかった。

何時間も何時間も我慢した記憶がある。それで、スキー場でおもらしをしてしまった。そのあと、コーチは優しく着替えなどを手伝ってくれた。

私は記憶力が良くなくて、小学生時代の思い出をそんなに持っていないのだが、このことは鮮明に覚えているので、よっぽど屈辱だったのだろう。

でも、こういうことは、小学三年生になれば、簡単にできるようになる。ずれたタイミングだろうが、変わったセリフだろうが、小さすぎる声だろうが、勝手な奴と思われようが、周りの人がちょっと怒るような行動になろうが、自分なりの判断でトイレに行ってしまえるようになる。

もうひとつ、やはり、小学校一、二年生ぐらいの時の思い出がある。

私の小学生時代は、もう三十年くらい前になるが、給食を完食することが義務づけられていた。いや、本当に義務だったのかどうかは知らないが、「義務っぽさ」が教室に漂っていた。

先生が、「残さず食べましょう」「食べ物の好き嫌いがあるのは悪いことです」「みんなで同じような食べ方をして、同時に食べ終わりましょう」「どうしても残すときは、給食のおばさん（当時、給食調理員をそう呼ぶことが主流になってしまっていた）に謝らないといけません」といった指導をしていて、「給食だより」などのプリント類にもそういうことがしきりに書いてあった。苦手な料理は最初から皿に載せない、量を初めから少なくする、という選択はできなかった。決められた量をみんなで同じように食べなくてはいけなかった。担任の先生は優しい人だったが、そういう指導が当然という時代だったので、やはり、私のようになかなか食べ終わらない子には、「頑張ろう」「あと、ひと口」「ほら、食べようと思えば食べられるじゃない」「全部、食べられたね。すごーい」と声をかけていた。

私の親は私をとても甘やかしてくれていたので、当時の私は偏食だった。食べられない食材がたくさんあったし、家とは違う味付けに戸惑いも覚えた。また、小学校低学年までの私は小柄で、背の順も一番前か二番目で、給食は量が多過ぎるとも感じていた。それと、会食恐怖症というか、みんなで机をくっ付けてお喋りしながら食べる、というのにも緊張を覚えて、どうしても食が進まなかった。

だから、「給食の時間」は地獄だった。

確か、規定の「給食の時間」は二十分だった。その時間内には当然食べ終わらない。

「給食の時間」のあとは「掃除の時間」で、机を前に移動させて教室の後方を掃いたり拭いたりしたあと、今度は机を後ろに移動させて前方を掃除した。給食が食べ終わらない子は、その「掃除の時間」の間も、埃が舞う中で机に座って給食を食べ続け、みんなが机を移動させたら、自分も机を移動させ、ぎゅうぎゅうの机のなかでポツンと給食に向き合っていた。掃除が終わったあと、それでも食べ終わっていなかったら、料理が残っている皿を持って給食室へ行き、「残してしまいました。給食のおばさん、ごめんなさい」と言って渡した。

あれは、すごく恥ずかしく、つらかった。屈辱だった。

でも、こういう恥ずかしい思いをするのは当然の報いだろう、仕方がない、とあきらめていた。

現代では、私の子ども時代のような「給食完食文化」は廃《すた》れていると思うが（というか、廃れていることを願うが）、当時の小学校には軍隊的というか全体主義というかそういう雰囲気が残っていて、その雰囲気に私自身も染まっていたのだった。

でも、そうやって「給食を残さない」指導を学校で受けても、好き嫌いをなくすように頑張ったり、たくさん食べるように努力したりはしなかった。ただ、「給食の時間」を地獄と思いながら耐えるだけだった。家ではまったく怒られなかったし、食べられないものを食べる工夫も何もしなかった。

だが、小学校高学年になったとき、好き嫌いは自然とまったくなくなった。背の順は真ん中あたりに移動した。大人になった現在、食べられない食材はないし、身長は平均ぐらいで、体格はむしろ恰幅《かっぷく》が良過ぎるくらいになった。好き嫌いがなくなった理由に、今でもまったく心当たりがない。ただ、年齢を重ねる中で、私の場合はそういう風に成長した、ということだろう。

とにかく、大人の私は、あの頃を思い出すとき、「もう給食は食べられません」とはっきり言って逃げても良かったと考えるし、あるいは、あとひと口だったら、えいっと口に入れてしまえばあっさり済んだろうに、とも振り返る。しかし、小学校低学年の頃は、「給食を食べられない」ということを大きな罪だと思い込んでいたし、あとひと口と励まされたところでどうしても手も口も動かせなくて、あとひと口食べるくらいなら死にたい、と思って苦しんだ。

子どもというのは、不思議な考え方をするものだ。そして、周りとのコミュニケーション不全に悩み、自分の体を変な風に扱ってしまう。

排尿や食事といった行為は、自分に属するもので、自分の判断で自由に行うものだ。けれども、未熟なときには、それがうまく理解できない。

羞恥心があるのに、それをどのように扱って良いのかもわからない。

自尊心を持つことは良いことだ、ということも知らない。
周りの人に、どんなタイミングで、どんな言葉を、どんな風に伝えたらいいのか、悩んでしまう。助けを求めてもいいのかもしれないが、誰に、どの場所で、どんな具合に助けを求めたらいいのか、思いつかない。

他の痴漢被害者からは、「全然、違う」と否定されるかもしれないが、痴漢被害に遭ったときに、未熟だった私がどうしてもうまく対応できなかったこと、そしてそのことに強い屈辱を覚えたことは、こういった「未熟だったゆえに起きた、変な身体的経験」に少しだけ似ているように私としては思う。この感覚の延長上の、かなりひどいものを想像すると、痴漢被害に遭ったときにうまく逃げられない心理に思いが及ぶような気がする。

痴漢被害に遭ったとき、子どもには、自分の体をどのように扱うのが良いか判断がつかない。自分が我慢すれば済むことなのではないか、とも考える。周囲に波風を立てて良いのか悪いのか、わからない。羞恥心や自尊心を持つことが当然のことなのかどうかが、わからない。誰が助けてくれる人なのか、優しい人もいるかもしれないがその人は本当に迷惑ではないのか、私なんかのために時間を無駄にさせていいのか、わからない。
「痴漢被害に遭う人は、もう大人だ」と思う人もいるかもしれない。でも、十代、二十代では、まだ未熟な場合も多いのだ。三十歳になったら簡単にできることが、二十歳のときはなぜかできない。

前にも書いたが、日本では十七歳でも女性の場合は大人扱いされてしまうことが多いが、十七歳は、結構、子どもだ。

大人と子どもは違うのだ。


痴漢被害に遭った経験がない人で、「被害者が声を上げない」ことにピンとこない人は、結構多いのではないかと思う。

「勇気が出ない」「恥ずかしい」という理由は、なんとなくわかるようで、実感しづらい。被害に遭ったことのない人や、「男性は被害に遭わない」という思い込みから自分には関係ないと考えている男性は、「痴漢被害に遭ったら声を出せばいい」と簡単に言う。「冤罪があるくらいだから女性は適当に軽く声を出している」という間違った考えを持っている人もいる。

ただ、そういう人でも、「子どもの頃に自分の体を大事にできなかった」「他者とどう関わったらいいのかわからなかった」という記憶を持っているのではないか？

それで、ちょっとした理解の助けになるかもしれないと思ったので、自分の経験を書いた。

声を上げるのは、ものすごく難しいのだ。


もうひとつ、低レベルの話になってしまうのだが、痴漢などの性犯罪について、「被害者を恐怖におとしいれるから」「被害者の処女を奪うから」といった理由で憎んでいる人がいまだにいるようなので、その場合の理解の助けになりそうなことも書いておきたい。

もちろん、被害者は怖い思いをするに違いないし、他人を怖がらせるというのはいけないことだ。ただ、それだけではなく、人権の侵害なのだということ、他人に屈辱を味わわせてはいけないということも、理解してもらいたい。また、処女がどうのこうのといった被害者側の経験の有無は、犯罪にまったく関係がない話なので、問題にしてはいけない。

「女性は弱い存在だから守ってあげよう」といった理由で性犯罪を憎んではいけない（この「女性は弱い存在だから守ってあげよう」といった感覚が社会にあるせいで、強そうな女性が被害者だった場合に社会が寄り添えないという問題が起きる。弱くかわいらしい被害者だったら寄り添えるのに、大柄だったりハキハキしていたりかわいらしくはなかったりする被害者には寄り添えない人も多いのではないか）。

ここで、リアルに想像してみてもらいたい。たとえば、あなたが性欲が強いタイプの男性だとする。男性だって被害者になる。そう、男性のあなたが被害者だ。あなたが、公共の場で自分の意思に反して他人から体を触られる。どうですか？　嬉しいですか？　その触ってくる相手があなたを選んだ理由は、あなたのことをおとなしそうな見た目だと捉え、他人に流されやすそうだと適当に判断し、抵抗しなそうだと侮ったからだ。

被害者のあなたは、たとえ体が反応して快感を味わったとしても、決して「嬉しい」とは思わないだろう。自分で自分の体をコントロールできなかったことに、大きな不安と深い屈辱を感じたはずだ。

その場できちんと抵抗できなかったとしたら、自分に対しても懐疑的になってしまい、自信を失うだろう。

その後、人間としての権利を踏みにじられたことを日に日に認識し、犯人に対して激しい怒りが湧いてくるに違いない。

それから、社会に対する信頼感もなくし、生きづらさを抱えて生きることになるだろう。

あなたが、たとえ性欲が強くても、男性でも、他人からプライベートゾーンを触られるのは屈辱であり、苦しいことなのだ。その後の人生を変えられてしまう。

自分の体は自分のものだ。他人から勝手に触られたり、見られたり、話に出されたりしていいものではない。人間としての尊厳は守られなければならない。

第二十四回　痴漢（三）

少し前、小説の打ち合わせのために喫茶店で仕事相手を待っていたら、

「ここに来るとき、電車の『女性専用車両』に間違えて乗ってしまいまして、周囲の女性たちから、睨まれてしまいましたよ。あわてて隣の車両に移りました」

やって来た編集者が頭を掻《か》いた。

私はそのセリフになんとなく違和感を覚えたのだが、うまく言語化できず、

「それは大変でしたね」

適当な同情をするだけで、すぐに仕事の話を進めた。

仕事を終えてひとりになったあと、私は「女性専用車両」について思いを巡らせた。

「女性専用車両」は、朝夕のラッシュ時などに電車の一車両を女性専用にするシステムで、日本においては私が大人になってから本格的な導入が行われた。そのため、私自身はその恩恵をしっかりとは受けていない。「高校生や大学生の頃にあったら、助かったのかもしれないな」

と想像する。どの程度の効果なのか、その数字を算出するのは難しいことなのかもしれないが、なんとなくの予想で、「痴漢犯罪者の多数が男性という属性だし、その属性の人を排除するということで、犯罪抑止に効果がありそう」と思える。

昔は、鉄道会社が「痴漢もお客様です」(!)と言ってまったく犯罪抑止を行わなかったり、「警察の管轄なので」と我関せずだったり、痴漢という犯罪について「いたずら」というそぐわない言葉を使ったり、「迷惑行為はやめましょう」というかなり軽い表現で注意したり、少し時代が進んで痴漢の認識が社会に浸透したあとでも、「痴漢は犯罪です」という当たり前のことを言うだけだったり、現代の感覚ではぎょっとするような社会だったみたいなので、「女性専用車両」を鉄道会社が導入し、本気で痴漢撲滅に力を入れ始めた現代は、昔に比べると大きく前に進んでいる、と捉えていいのだと思う。

ただ、考え方としては決してベストではないだろう。

もちろん、他のアイデアを私は持っていないし、このシステムに対して「効果がありそう」と感じているので、「女性専用車両」をなくした方がいいなんて思ってはいない。このシステムは続けた方がいいと思う。

ただ、痴漢の問題は、犯罪者の問題であり、男性の問題ではない。痴漢犯罪者は多いが、それでも、男性の人口よりもずっと少ない。男性をひとりひとり見れば、痴漢犯罪者や痴漢を肯定する人よりも、痴漢という犯罪を憎んでいる男性の方が世の中にはずっと多いだろう。

ある犯罪を、ある属性の人が行うことが多いからといって、その属性を憎んではいけない、という基本はあるような気がする。

もちろん、性犯罪被害に遭った人が、「男性」というもの全般に対してどうしても恐怖心を抱いてしまう、といった感情の流れは理解できる。

しかし、冷静になれる立場の人が、属性によって「犯罪者になる可能性がある」という視線を向けるのを肯定する社会ルールを作ることは、本来はしてはならない。

今、女性問題については議論される機会が少しずつ増えて来たが、男性問題について語られることはまだ少ない。男性が強者で女性が弱者、というイメージが強く、男性が苦しみや悩みを告白することを良しとしない空気がある。

ウィキペディアで「女性専用車両」の項目を調べると、「女性専用車両は指定した車両において女性以外の乗車を、男性の任意協力のもとに遠慮願うもの」とある。

何が言いたいかというと、「間違えて『女性専用車両』に乗ってしまった人を、睨んではいけないんじゃないかな？」ということだ。

冒頭に書いた知り合いの編集者のセリフだけでなく、男性が間違えて「女性専用車両」に乗った結果、「白い目で見られた」「じろじろ見られた」、ときには、「激しく怒られた」という話を、これまで何度も耳にしてきた。

だが、本来は、「男性だから」という理由で、犯罪と結びつけて視線を向けることは、決して良いことではない。犯罪抑止として、ベターだから「女性専用車両」を作るが、ベストな考え方に沿って作られたシステムではない。だから、「恐縮だけれども、他に方法が思いつかないんです。犯罪抑止にご協力お願いします。申し訳ないけれども、遠慮してください」という態度で接する方がいいのではないか。

世間には「女性専用車両」に反対する少数派の人もいるらしいが、それでも、多くの男性は「女性専用車両」を肯定している。

白い目で見られても、仕方がない、自分が間違えたのだから自分に非がある、女性に申し訳ない、とほとんどの男性が小さくなる。だが、間違えただけの人が、悪いわけがない。

……と書いてきたが、今回のような文章を私が綴ると、女性読者からも男性読者からも嫌われることが多い。

性別についての文章を発表していると、男性読者が「女性から怒られたい」という欲求を持っているのを感じることがよくある。「男性は駄目だ」「女性は素晴らしい」「女性は頑張っているので、男性に応援してもらいたい」「女性を理解し、男性に変わってもらいたい」といった叱咤激励の文章を男性読者から求められている雰囲気がある。おそらく、「男性対女性」という簡単な構図を描き、それが逆になるように頑張っていく、というストーリーだと、わかりやすいからだろう。「男性はこれまでのことを反省し、女性の社会進出を応援してください」「男性は考えを改め、女性が性被害に遭わないで済む社会を作ってください」と男性は言われたがっている。

しかし、社会はもっと複雑だ。そういったシンプルなフレーズに収まるものではない。いろいろな男性がいて、いろいろな女性がいる。そして、男性の苦しみをできるだけ理解していくことを仕事にしたい女性もいる。それが「上から目線」に感じられて男性から嫌われるのかもしれない。

「女性の社会進出を応援してください」「女性が性被害に遭わないで済む社会を作ってください」という仕事は、私ではない作家や、専門家たちが、しっかりと行っている。

私は、それとは少し違う、微妙なところに、自分がメインでやるべき仕事があるような気がしている。

私は、男性を怒りたくない。

たとえば、私はブスについてこの本で書き続けてきたが、男性を憎んでいない。男性女性を問わず、「ブス」と言って罵倒してくる人のみを憎んでいる。

多くの男性読者が、こういったエッセイの中で、「男性は容姿差別をやめて、ブスな女性にも平等に接してください」という単純なことを訴えてもらいたがる。しかし、私は、男性に対して言いたいことなんてないのだ。男性に好かれたくて文章を書いているのではない。

小説やマンガなどで、ブスな登場人物が男性恐怖症だったり、男性と話した経験が少なかったりする設定をよく見かけるが、現実ではそうでもない。昔はそういうこともあったかもしれないが、現代では、友だち関係や仕事関係で性別や年齢や国籍にかかわらずつき合いがあるものだ。私の周りには、ブスだからといった理由で私を嫌わない人がたくさんいる。むしろ、一緒に「ブス」について考えようとしてくれる男性の方が多いと思う。

それで、痴漢犯罪について考える場合も、「男性は敵だ」という態度で臨むのではなくて、「男性の方も痴漢犯罪について一緒に考えましょう」という風に関わった方がうまくいくような気がしているのだ。

第二十五回　化粧

化粧はしても、しなくてもいい。

楽しんでメイクできるならした方がいいだろうし、楽しくないのに「マナー」「社会のために」と我慢しながらメイクするならやめた方がいいだろう。

私個人は、化粧というものに強い抵抗感は持っていなかった。それで、大人になって、眉毛を描いたり、リップグロスを塗ったりするようになった。ずぼらで、且つ金がなかったので、二十代前半の会社員時代は、本当に眉毛とリップのみで出社していた。休日にはチークやアイシャドーに手を出してみることもあったが、平べったい顔立ちで化粧映えがしないのと、一重まぶたのためアイメイクの方法がよくわからなかったことがあり、なかなかうまくできなかった。心の中では、「もっと化粧ができる人になりたい」と思っていた。

周囲の友人や仕事仲間が化粧でおしゃれをしているのを見ると「いいなあ、かわいいなあ」と思ったし、化粧道具の広告を見るのも好きだった。化粧をすると気分が上がるというのも理解できる。あるメイクアップアーティストがボランティアで高齢者の介護施設などをまわって希望者に化粧をしている、という新聞記事を読んだ。口紅を塗ったり、マニキュアを塗ったりするだけで、表情がガラリと変わって口調までいきいきとしてくるという。非常に喜ばれる、とそのメイクアップアーティストは語っていた。化粧は素敵なものだな、と読んだ私も思った。

ただ、全員に当てはまることではない。

化粧をすることで気分が上がる人もいれば、下がる人もいる。

そもそも化粧をするには金も時間もかかる。男性の場合は化粧をせずに仕事をしても、マナーに反する、だとか、周囲に好印象を持ってもらうために努力しろ、だとか、仕事の評価に影響する、だとかという批判はされないのだから、冷静に考えると、「マナー」「社会のために」という理由でのメイクは必要ないはずだ。

金や時間がかかっても、「これのおかげで、いきいきできる」「今日も頑張ろうと思える」という人もいるだろうが、そうではない人だっている。「マナーだから」といやいや金と時間を消費して化粧をしている女性がいるなら、かなりかわいそうだ。

肌の病気などの理由から「化粧をすることが本当に苦痛だ」という人だっているわけだし、「化粧はマナー（女性のみ）」という社会は変えていくに越したことはない。

そして、もちろん、逆の自由もある。男性が「化粧をして仕事をしたい」と考えるならば、どんな職業の人に対しても、それを変だと捉えない社会を作っていきたい。

化粧をしている人に対しても、化粧をしていない人に対しても、「化粧をしろ」だの、「化粧をするな」だのといった圧力がかからない世の中だったら、幸福度が上がりそうだ。
化粧をした方がいい仕事ができる人もいれば、化粧をしない方がいい仕事ができる人もいる。化粧をすることでいきいきできるおばあさんもいれば、身なりにかまわず趣味に没頭することでいきいきできるおばあさんもいる。

私自身は、若い頃、化粧というものに反感を持たず、普通に受け入れて生きてきたのだが、年齢を重ねて、「あ、化粧って、してもしなくてもいいものなんだ。人それぞれ、好きにしていいんだ」ということに気がつき、「化粧をしろとかするなとかという圧力をなくしていこう。自分自身もしたいときはしてしたくないときはしないようにして、どっちのときも堂々としていよう」と考えるようになった。

その気づきは、ある作家のインタビューを読んだことがきっかけで生まれた。
うろ覚えのことで失礼になるかもしれないので、お名前を出さずに書かせてもらうが、数年前、ある作家が新聞のインタビューで、「あるときから、自分は化粧をしないことを選択した」とおっしゃっていた。理由は、「仕事に集中したい」といったことだったと思う（確か、震災について書きたいと思っていて、全力投球したい、といった内容のインタビュー記事だった）。

そして、化粧をせずに堂々と写真に写っていらした。

私は、その記事に感銘を受けた（だったら、スクラップすれば良かったのだが、うっかりしていた）。

それまでの私は化粧というものを、「人前に出るときに、しなければいけないもの」と思い込んでいた。マナーというか、挨拶というか、社会人の常識というか、そういうものだと信じ切っていた。

私は、デビュー時に新聞に自分の顔が掲載されて、「ブス」というバッシングを受けたとき、顔立ちを非難されるいわれはない、と憤ったし、インターネット上の誹謗中傷は不当なものだ、と考えた。ただ、「作家は人前に出ることもある仕事なのだから、これからはそれなりの努力も必要なのかもしれない。化粧やファッションを頑張ろう」とも素直に思ってしまった。

それで、作家デビューしたあとの、二十代後半の私は、ファッション雑誌で化粧の仕方を勉強したり、その雑誌に載っていた化粧品を購入したりした。本を買ってもらえて少し経済力もできたので、プチプラをやめ、デパートの化粧品売り場へも足をのばした。デパートでやっていたメイク講座に参加したこともあるし、自分に似合う色を見つけるためにパーソナルカラー診断のカウンセリングを受けたこともある。

それでも一重まぶたのアイメイクはなかなかわからなかったのだが、個人的にいろいろ試していくうちに、自分なりの方法を見つけた。眉根を寄せて困った顔をしながら鏡を見たとき、まぶたの上に線（シワ）が入ることがわかった（この線を見つける前は、適当にアイシャドウを載せていたのだが、そうすると、歌舞伎役者みたいになったり、左右非対称になったり、薄すぎて意味がなかったり、まばたきしたとき変な感じがしたりしてしまっていた）。この線にスーッと薄茶色を引いて、その線より下に濃い茶色を載せて、線より上はベージュを広げて、眉毛に近いところに明るいベージュを載せると、自然になった（一重まぶたの場合、鮮やかな青や緑などをまぶたに広く載せると色が映える場合もあると思う。面長で、切れ長の目の、キレイ系の顔立ちの人が、そういうメイクをしていて、「いいなあ」と思ったことがある。ただ、私が真似したら、どうも似合わなかった。私の場合は一重まぶたでも丸顔で、切れ長ではない感じのちょっと垂れ目っぽい形の目だから、似合わないのかもしれない）。そういうわけで、私はメイクをするとき、鏡の前でひとり、困った顔をしている。

そうして、まあまあ化粧をして人前に出るようになったのだが、化粧も人前に出ることも、「楽しい」とまでは感じたことがない。「仕事だ」「マナーだ」「努力だ」と思っていた。得意分野ではなく、それほど興味を持っていたわけではない化粧というものに、私は金や時間を結構費やしたのだった。

そういった行為や研究を楽しんでやれる人がたくさんいるわけで、それを否定する気は毛頭ないのだが、私の場合はそれを楽しんで行えていなかったし、努力しても周囲の人ほどうまくならなかった。要は「センスがなかった」ということに尽きると思う。だから、今となっては、自分の場合は、ああいった努力をする時間があったら、一冊でも多く本を読んだり、一枚でも多く文章修業をしたりすれば良かった、と反省している。

あの作家のインタビューに感銘を受けたあと、周りを見渡すと、化粧をしていない女性が結構いることに気がついた。

たとえば、出版社の編集者さんは、ノーメイク（に見える）の人がわりといる。いそがしいからかもしれない。服装が自由な職業なので、周囲からの化粧の圧力もあまりないのだろう。

また、ノーメイクでも、服装はすごくおしゃれだったり、派手だったりすることもある。

「仕事のときは化粧をする」は、私の完全なる思い込みだった。

私も、だんだんと手を抜き始めた。

最近は、ほとんどノーメイクで過ごしている。

でも、ときには薄化粧をすることもある。

こう書くと、「化粧をしないことで、女性の自由を表現している」という安易な捉え方をされてしまいそうな気もするのだが、そうではない。

したい人はするし、したくない人はしない。

したい日はするし、したくない日はしない。

それが許されるといいなあ、ここがそういうゆるゆるの空気の世の中だという勝手な設定をして生きていこうかな、と思っているだけなのだ。

私は、化粧を決して否定しない。

メイクをしている人が、「男性ウケを狙っている」とは限らない（そして、たとえ男性ウケを狙っていても、それはなんら悪いことではない。私は、男性ウケを狙っている計算高い友人のことがかなり好きだ）。

派手なメイクでも、地味なメイクでも、自由にメイクができる世の中がいい。なんでも顔に描いていいのだ。本人が決めることだ。

今、ちゃんとしたメイクをする日がほとんどなくなってしまったのだが、私だって、したくなったら、する。そのうち、「派手なメイクを楽しみたい」という気持ちが湧いてこないとも限らない。

化粧は面白いし、素晴らしい。でも、しない自由もある。

第二十六回　一重まぶた

私は一重まぶただ。

そして、世間から吹いてくる一重まぶたへの風が強いように感じている。

テレビのお笑い番組で、「お前、一重やん」と言って、相手をからかっているのを見たことがある。「ブス」という言葉を使わず、一重まぶた単体を指摘するだけでも悪口になる文化があるようだ。

電車に乗ると、美容整形外科の二重まぶた手術の広告があちらこちらに貼ってある。

女性の芸能人のほとんどが、二重まぶただ。

二重まぶたは良いものだよ、一重まぶたは大変だよね、一重まぶたはかわいそうだね、一重まぶたの人は頑張ろう、といった風がある。

どうも、昔よりも、その圧力は強まっている気がする。

この頃、周りを見渡すと、私が若かったときより、二重まぶたの人が増えている。プチ整形か、アイテープやアイプチなどでの化粧によるものかもしれない。

私の若い頃にも整形やアイプチはあったが、実行している人は少なかった気がする。昔は、整形の失敗がよくあったし、整形でも化粧でも不自然になりがちだったけれども、今は自然な形に仕上がりやすいのかもしれない。整形の医療技術が上がったり、化粧法が進化したりして、より実行しやすくなっているのだろう。

一重まぶただと、堂々と振る舞えなかったり、自信がなくて笑顔になれなかったりするから、努力で二重まぶたに変えよう。

友だちがみんなやっていたり、「プチ整形をしたら人生が楽しくなったよ」という体験談があちらこちらに載っていたり、ユーチューブなどで一重から二重にするアイメイクが盛んに紹介されていたりするから、敷居が低くなっている。

二重まぶたに変えたい。その気持ちはわかる。

私自身、「二重まぶたにしたいな」と思っていた時期があった。

私は子どもの頃から、睨んでいないのに「睨まないで」と怒られたり、楽しんでいるのに「つまらない？」と心配されたり、「むすっとしていないで、感じ良く振る舞わないといけないよ」

と注意されたりしてきた。とにかく、「目つきが悪い」「表情が乏しい」「心を開いていない」といった印象を周囲に持たれがちだった。性格が問題なのだろうとも思っていたが、小学校高学年あたりで、自分が一重まぶたであることや、目が細いことを自覚し始めて、「もしや、この性格のままでも、二重まぶたで目がぱっちりと大きかったら、印象は変わるのではないか?」ということを思うようになった。実際、クラスメイトを観察すると、目が大きい子は、おとなしい性格でも、私のような印象を持たれていないようだった。「かわいいと言われたい」といった美醜の問題だけでなく、「睨んでいると思われたくない」「みんなで遊んでいるときに『つまらないと思っている』と勘違いされたくない」など、コミュニケーションを改善する目的でも、「二重になりたい。ついでに、目が大きくなりたい」と考えたことがあった。

マンガ雑誌などに二重まぶたの手術の広告が載っていたり、化粧で二重まぶたっぽく見せる方法が紹介されていたりするのを読んだ。自分も大きくなったら、二重まぶたになれるように努力してみようかな……。

ただ、「二重にしたい」と考えたあと、漠然と、「悔しい」という思いも湧いた。「なぜ、私が他のみんなに合わせて二重にしなければならないのか?」「一重まぶたを、本当に欠点とだけ捉えていいのか?」といった疑問がもやもやと胸に浮かんだ。

マンガやイラストにおける目の描写に関して、私は違和感を持っていた。

少女マンガを読んでいると、女の子のキャラクターはみんな二重まぶたで目が大きく、反対に、男の子のキャラクターは目が細いことが多かった。

でも、現実の学校で周囲を見回すと、女の子と男の子の目の大きさに違いはないと感じられた。

化粧をしていない場合は、目の大きさに性差はないのではないか。

また、女性の方が二重まぶた率が高い、という事実もないだろう。

さらに、女性の方がまつげが濃いとか長いとかということもないだろう、とクラスメイトの顔を見ながら思った。

しかし、マンガの中では、化粧をしていない年齢の子の描写でも、女の子は目がぱっちりの二重まぶたで、まつげがフサフサ、男の子は切れ長の目で、まつげが短い。

マンガだけではない。イラストでもそうだ。ネズミのキャラクターでも、ペンギンのキャラクターでも、アヒルのキャラクターでも、子どもという設定なのに、女の子のキャラクターだけ、目がぱっちりでまつげが生えている。

こういう描写を見て、「なんだか、変」「自分の場合は、こういう描写が溢《あふ》れている世界では、生きにくい」ということを小学生の私はもやもや思った。要は、「女の子は、表情が豊かでないといけない」「女の子は、男の子が何か話したら、ヴィジュアルでリアクションをしなければいけない」「女の子は、楽しそうにしなければいけない」「女の子は、男の子が面白いことを言ったときに、笑わなければならない」「女の子は、発言よりも見た目でコミュニケーションを取らなければならない」といった空気を感じ取って悲しみを覚えたのだ。

もしも、自分が男の子だったら、「楽しそうに見えない」「むすっとしている」という印象を持たれたとしても、「生きにくい」とまでは感じなかったのではないか。目の印象を「重大な欠点」とまで思って悩むことはないのではないか。

だったら、悔しい。女の子だという理由だけで、目の印象に悩むのも、手術や化粧を頑張らなければならないのも、悔しい、と私の場合は思った。

二重まぶたの方が良い、とは思う。一重まぶたはコミュニケーションがうまくいかなくて生きづらい、とは感じる。でも、やっぱり、悔しい。面倒くさい考え方をしがちな私は、「二重まぶたに近づける努力をしよう」と素直に決められない。

その後、十六、七歳の頃だったろうか、「一重まぶたは、黄色人種にしかない特徴だ」ということを、新聞記事で読んだ。私は驚いた。それまで、世界中で一重まぶたの人が一定数の割合で生まれている、となんとなく考えていた。でも、人種の特徴だったとは。

俄然、「だったら、堂々としてやる」と思い始めた。

様々な肌の色の人たちが、「自分の肌の色に誇りを持とう」と言っている時代に、「一重まぶたは劣等だから、そういう意識を持って控えめに生きよう」だとか、「一重まぶたという劣等感を拭うために、二重まぶたになるよう努力しよう」だとかと考えるのはそぐわないと思った。

人種の特徴なのだったら、引け目に思う必要などないではないか。

「睨んでいる」「つまらなそうにしている」「むすっとしている」という誤解を受けても、こちらにそういう気持ちがなく、且つ、こちらとしてはできるだけ誤解をなくしたいと思っているのだから、私は悪くないのではないか。「一重まぶただから、そういう誤解が起きやすい」という、ただそれだけのこととして処理してかまわないのではないか。


よし、決めた。私の場合は、二重まぶたにしない。一重まぶたで行く。

私は細かいことが気になるたちで、自分の思いに合わない行動をしたあと、「どうしてああいう行動をしてしまったんだろう？」と、くよくよ考えてしまう。周囲とうまく交わるよりも、自分の考えを通す方が好きな性格だ。だから、このままの方が、自分っぽい。


ただ、誤解しないで欲しいのだが、これは単なる私個人の考えだ。

他の一重まぶたの人に、「二重まぶたにするのをやめなよ」なんて絶対に言わない。

というか、二重に変えた方が生きやすくなる人や、かわいくなる人や、世界が開ける人は、実際にいると思う。だから、そう思う人は、どんどん変えた方がいい。手術や化粧も頑張った方がいい。むしろ、応援したい。

髪の色を自由に変えていいのと同じように、まぶたも自由に変えていい。

島国の日本には変なルールができやすくて、「日本人だから、黒髪だ」と言って校則でカラーリングを禁止する学校もある（なんと、もともと茶色い髪の人に証明書や子ども時代の写真を提出させる学校もあるらしい。愚の骨頂だ）。自分の人種にはない髪の色に変えても、その人種らしい肌の色から別の色に変えてもいいのだ。自分らしいのが一番いい。「日本人だから、黒髪だ」という校則がおかしいのと同じように、「日本人だから、一重まぶただ」と縛ることは絶対におかしい。二重まぶたに変えたくなったら、変えるのがいい。

私みたいなこだわりがなく、ひたすら目の形に悩んでいるだけだったら、二重まぶたに変えてしまった方が、ストレスから解放されて、もっと重要な考え事をできるようになるだろう。

好きな格好をしている方が、勉強や仕事に身が入りやすくなると思う。

誰だって、生まれたときの体に関係なく、どんどん見た目を変えていいのだ。

ただ、私の場合は、一重まぶたのままで行きたい。

体を変える自由があるのと同じように、変えない自由もある。

人種的特徴を、「変えた方が、周囲に馴染めるよ」なんてプレッシャーをかける社会は変だ。

こういう体に生まれて、自分発信で「おしゃれに変えたい」と考えたわけでもないのに、周囲の空気を読んで顔を変えるなんて、後ろ向き過ぎるから、私は変えない。

劣等ではないし、コミュニケーションがうまくいかないのは私のせいではないし、一重まぶたで堂々と生きる。

コミュニケーションがうまくいかなかったからといって、「じゃあ、体を変えなきゃ」なんて思ってやらない。

変えたい人も、変えない人も、堂々としたらいいんだ。

第二十七回　虚栄心とか美への欲望とか

容姿に関する悩みを、女性の生来の欲望として処理しようとする社会の空気がある。

「クレオパトラは美しくなるために地の果てからこんなものを取り寄せた」だとか、「マリー・アントワネットは自分の美のためにこんなに金を使った」だとか、そういう逸話を紹介して、「女性が持つ美への欲望はすさまじい」といった結論で締める。そういう文章をよく見かける。

また、整形を繰り返す女性の物語が巷《ちまた》に溢《あふ》れているが、やはり「女性が持つ美への欲望はすさまじい」系の結論になっている。

私は首を傾げる。女性にだけ生まれつきそんな欲望が備わっているなんてことがあり得るだろうか？

私は医学に詳しくなく、ただの勘だが、そんな欲はないと思う。

集団で生きる動物なので、「社会的に上位の存在を目指す」という欲はあるだろう。その流れで「社会で上位に行くための手段として美を身に付けたい」という考えになることはあるかもしれない。でも、純粋な「美への欲」というものはないと思う。少なくとも、私にはそういう欲が湧いてくる感じはまったくない。

「美しくなりたい」ではなく、「社会的に上位の立場になりたい」「権力者になりたい」ということだと思う。

同じことだ、という指摘もあるかもしれない。しかし、私には言いたいことがある。何が言いたいかというと、「欲望に性差はない」ということだ。

男性にも、「社会的に上位の立場になりたい」「権力者になりたい」という欲があるだろう。それと同じものを女性も持っているという、ただそれだけのことだ。

男性は「社会的に上位の立場になりたい」「権力者になりたい」という欲を満たすために、勉強をしたり、体を鍛えたり、ときには戦争しようとしたりして、その多くが社会に認められてきた。そういう欲を男性が持つのは自然なことだとされてきた。

だが、なぜか、女性のみ、「社会的に上位の立場になりたい」「権力者になりたい」という欲を否定されがちだった。

女性がおしゃれをすることや、美しく見せようとすること、自分を美しいと思うことを嫌悪する空気もあった。

昔の海外文学を読んでいると、美しくなろうとする女性キャラクターへの戒めの文章がよく出てくる。主人公の周囲のキャラクターが、「自分を美しく見せることにうつつを抜かしては駄目だよ」といった指導を行うことが多い。

『赤毛のアン』のアンが袖の膨らんだワンピースが着たいと言ってもマリラは着せない。『若草物語』のエイミーが鼻を高くするために洗濯ばさみで鼻をつまんで寝ることは「笑い」として描かれる。

どうして女性たちが「自分を美しくしよう」と努力していたのか、と想像するに、昔は、社会の中で上位に登ったり、権力を持ったりしようとすると、男性よりもたくさんの障害にぶち当たったのではないか。ただ、「美しさ」という切り札を持っている場合、それを有効活用して障害をすり抜けられる場合があった。

べつに、「美への欲求」という、個人が持つ、本来的な欲のために美しくなったのではなく、ゆがんだ社会の中で、なんとか登りつめようと思ったら、あるいは、登らないとして、ただ生きていこうと思うだけでも、「美しくなる」という方法しか昔はなかったのではないか。

それを、生物学的な理由として捉えられてしまうのが、私は悔しい。

性差を掲げて、「女性の場合は」とまとめられてしまうのは、納得がいかない。

個人に理由を求めないで欲しい。

「美しくないと生きていけない」と女性に思わせたのは、社会だ。

ブスの場合も同じだ。

「ブスと言われることに悩んでいる」と伝えると、「美への欲望が満たされないから悩んでいる」という意味に勝手に変換されてしまうことがよくある。「本当はきれいになりたいのに、なれないから悩んでいる」と。

いや、そうではなく、いじめに悩んでいるのだ。

いじめに悩んでいる子どもから、「みんなから『くさい』と言われるんです」と相談されたとき、「いい匂いになりたいという欲望を持っているんだね。いい匂いになりたいのに、くさいから悩んでいるんだね」とは受け取らないと思う。「『くさい』という暴言をぶつけるのはいじめだ。みんなはひどい。いじめをやめるべきだ」と受け取るはずだ。その子をいい匂いに変化させることが解決ではなく、いじめをなくすことが解決だと思うはずだ。

だが、ことブスの話になると、「みんなからブスと言われてつらくて……」と話すと、「じゃあ、美人になるにはどうしたらいいか考えましょう」「せめて性格美人を目指しましょう」「美人は得していて、ブスは損しているように思うんですね。でも、美人も大変なんですよ」と、被害者である個人を問題視されてしまう。ブスという暴言を吐く側を問題にしない。

これを言うと、みんなから嫌われてしまうかもしれないのだが、私は「ブス」の問題の多くは、個人に起因しておらず、社会のゆがみから起こっていると考えている。

よく、犯罪者のことを、「社会にうらみを持っていた」といった紹介をしているが、それを見て、私は「自分もだ」と感じる。私が犯罪者になったら、「社会にうらみを持っていた」と紹介されるかもしれない（極力、犯罪は起こさないようにする）。

「ブスと言われた」という私の悩みは、決してコンプレックスではなく、社会へのうらみだ。劣等感に悩んでいるのではなく、社会がおかしいから悩んでいる。正直、自分が変わるよりも、社会を変えたい。

「社会を変えたい」と言うと、怒る人が結構いる。「まず自分が変われ」と言ってくる。いや、まあ、自分も少しは変わった方がいいかもしれない。でも、少なくとも、容姿を変える必要はないと考えている。きれいな人との方が仕事付き合いがしやすい、ブスは迷惑、と思う人がいるかもしれない。だが、迷惑をかけているとしても私は自分の顔を変える気はない。迷惑をかけて何が悪い。社会で生きているんだ。迷惑をかけたりかけられたりしてやっていくんだろうが。また、内面をちょっと変える、視点をちょっと変える、という努力をするとしても、「ブスだからせめて性格美人になろう」なんてことは、死んでも思わない。なんで、ゆがんだ価値観の方へ自分が合わせなければならないんだ？　「性格美人」ってなんだよ、バカじゃねえのか。「性格の良い素敵な人」でいいじゃないか。なんで女性だからって、「性格美人」なんて言い方をされなくちゃならないんだ。

私は、美への欲求でも、虚栄心でもなく、いじめに悩んでいるんだ。社会を変えたいんだ。

仕事を頑張りたいのに、社会に居場所がないから悩んでいる。

美人と比べて損をしているなんて、そんなくだらないことは思わない。得だの損だのという低いレベルの話ではないのだ。悪口を言われたり、迫害されたりするから困っているのだ。

おそらく、女性ではない人からすると、女性がみんな「美しくなりたい」という欲望を生来持っていて、頑張って美しくなろうとしてくれていたら、生きやすい社会だと感じられるのだろう。また、ブスが性格美人を目指したり、ブスは損だから美人になりたいと願ったりする社会も、やはり生きやすいのだろう。だから、そういう仮定を社会に浸透させたくなってしまったのに違いない。

でも、そんな社会、女性からしたら生きづらくて仕方ない。変化させるしかない。

容姿に関係なく、性別にも関係なく、社会的に上位になることを目指せる社会、権力を持つことができる社会を作りたい。

まあ、社会的に上位になることや、権力を持つことなんて、かなりくだらないけれども、そういう欲が人間にあるのなら、誰でもその欲を満たす努力をして構わないのではないか。

そして、努力しようと考えたとき、昔の女性は「美しさ」を武器にするしか思いつかなかっただろうが、今はたくさんの武器がある。美しくないままで女性が社会で活躍できる時代になった。

勝手に女性の欲望を定義するようなゆがみを直して、さらに社会を変えていきたい。

第二十八回　強者の立場になってしまうこともあるという自覚

今回も、「もしかしたら、またバッシングされるかな？」と危惧しているのだが、正直な思いを書こう。私は、「女性が弱者になるとは限らない」と考えている（これと同じようなことを別の本で書いたら、結構、叩かれた）。

こうやって「ブス」について書いていると、「男性に対して抗議の文章を書いてくれ」という期待を感じることがある。

だが、私は男性に対して抗議をする気は毛頭ない。

私が怒っているのは、『ブス』とののしって、差別をしてくる人」に対してであり、男性に対してではない。

「『ブス』とののしって、差別をしてくる人」の性別は、男性のこともあるし、女性のこともある。

男性という属性を持つ人のみんなが、女性を容姿で判断するわけではない。様々な男性がいる。ひとりでも「女性への容姿差別をしない男性」がいる限り、男性のことを「男性だ」という理由で責めることをしてはいけない。

女性だって様々だ。「女性はみんなブス」というフレーズを女性が書いているのを見かけたことがあるのだが、私は「女性はみんなブス」とは到底思えない。別々の性質を持って生まれ、違う環境で育ち、いろいろな価値観を身につけ、それぞれの考え方を持っている。属性が女性だからといって、みんなが容姿を気にしているわけではない。ブスを自認する人もいれば、美人を自認する人もおり、容姿などまったく気にしたことのない人もいる。また、女性、男性という区分けに馴染めない人もいる。

人間を女性と男性の二通りに分けることにすんなり馴染める人が多いこと、そして、「女性は弱者」「男性は強者」と捉えている人が世間に多いことを私は感じる。

そういった多数派の人は、私が「男性に対しても思い遣りを持たなければならない」といった文章を書くと、「体制側におもねっている」と言って批判してくる。

「弱者である女性が、体制側に男性ばかりがいる嫌な社会で、自立していく姿」を物語に求める気持ちが、そういった物語の誕生から何百年も経っても消えないのだ。物語が発展しない。

芸術は弱者のためにある、と私は思っている。

私は、常に弱者のことを考えたい。

弱者に寄り添いたい。

だが、それは、「自分は常に弱者だ」という考え方とは違う。

「自分自身が弱者の立場になっているシーンも確かにある。でも、別のシーンでは自分は弱者ではない。強者になってしまうこともある。だから、慎重に行動して、弱者の立場に配慮しよう」という考え方をしたい。

年を重ねるうちに、女性でも、ブスでも、状況によっては強者になることがある、だから、パワハラなどに気をつけなくてはならない、と思うようになった。強者の自覚を持つことも大事だ。そうでなければ、不用意に人を傷つけてしまう。「今、この状況においては、自分は強者かもしれない。きつい言葉を使うと、自分が想像する以上に相手を傷つけるかもしれない。弱者である男性に配慮をしよう」と考える機会が増えた。

以前、ヒロインに「自分は強者だ」と言わせる小説を書いたら、ある文学賞の選考委員から、「弱者の自覚を持ってこそ、書けるものがあるはずだ」といった批判を受けた。

強者のヒロインが駄目人間になって転げ落ちる話は、「弱者の女性が、体制側に楯突いて、自立して、強くなる話」といった古い物語が好きな方々からすると、排除したいのだろう。

強者の男性主人公が駄目人間になって転げ落ちる話なら歓迎されるに違いない。

他にも、「こういうことを言うと、どうも歓迎されないな」「期待を裏切られたという顔をされるな」という話が私にはある。

たとえば、私は、母や父から、「大人になったら、結婚した方がいいよ」だとか、「将来、お母さんになるのだから」といったことをひと言も言われたことがない。親は私が子どもの頃から、「女の子らしい仕草を」だとか、「女の子なんだから優しく」だとかといった注意をまったくしなかったし、妙齢になってからも、結婚や子どもの話を全然しなかった。三十歳くらいのとき、私の方から「結婚したいから、お見合いできないか？」と相談したら、母は「そんな当てはないし、結婚なんてしなくていいんじゃないの？」と笑った。その後、自分で結婚相手を決めて家に連れていったとき、親は相手の学歴や収入などは一切気にしなかった（夫は高卒で、収入の低い職業に就いているので、「何か言われるのではないか」と勝手に予想し、事前に夫の人柄の良さや仕事の素晴らしさを語るつもりで理論武装していたのだが、父は最初から何も気にしておらず、まったく質問しないで、会った途端に、「おめでとう。よろしく」と夫に握手を求めた）。母も父も、とっくに自立していた私に対して、なんの心配も抱いていなかったのだ。

こういう話は、受けが悪い。

おそらく、「親というものは『結婚しろ』とか『出産しろ』とかいくつになってもプレッシャーをかけてくるけれど、自分の人生は自分で決めて、女性だからといって小さくならず、強く生きたいよね」という話を期待されているのだと思う。

だが、私は親にプレッシャーをかけられていないし、普通にしているだけで自分らしく強くなってしまう。その中で自然に感じたことを書きたいのだが、それを書くと、「体制側におもねっている」「女性の味方ではない」とバッシングを受ける。

また、子どもが生まれたあと、子育てについての文章を素直に書こうとすると、「想像していたよりは大変でなかった」と綴ることになる。高齢出産だったため、周囲の人たちから「子育ての大変さ」をたくさん聞いており、事前にかなり覚悟していたこと、そして、たまたま、よく寝る子が生まれたこと、夫が育児や家事が好きだったこと、スケジュールを自分で調整しやすい職種に就いていることなどが重なって、「思っていたよりは大変ではなく、楽しくてたまらない」という状況になった。

だが、「子育ての大変さを男性に教えて欲しい」「育児がどんなにつらいか、男性にわからせて欲しい」という要望を持つ読者の期待は裏切ることになる。

それから、私が今いる職場は、性別による差別が比較的少ない職場であるような気がする。今いる職場といっても、私はフリーランスなので会社のことではなく、仕事まわりの環境のことなのだが、作家仲間や、編集者、出版関係の人、書店関係の人などは、おそらく、性別によって仕事を分けられたり、仕事相手から態度を変えられたりすることが、ないわけではないが、他の職場に比べたら少ない方ではないか。

私が昔いた職場では、社員の扱われ方が、性別によってまったく違った。私は作家になる前と、なったあとの数年、会社員をしていたことがある。転職しているので、二つの会社の経験があり、一つ目の会社では性別で分けられることはあまりなかったのだが、二つ目の会社は古い体質のところで、性別によって仕事内容が分けられた。女性は事務だった。そして、給湯室の掃除が女性の社員にだけ割り振られていた。また、男性は年配の人が多く、女性は若い人ばかりだった。こういう職場の場合、女性が陰で男性社員の悪口を言っても、決してひどい行動にならず、むしろ正義のようになりがちだ。そして、ここぞというシーンで、女性社員が男性社員に対して日頃の鬱憤《うっぷん》をぶちまけ、過激な表現で男性社員批判をしたとしたら、決して非難の的にはされず、むしろ「かっこいい」となると思う。

だが、今の職場だったらどうだろう。

たとえば、女性の作家が男性の編集者に対して日頃の鬱憤をぶちまけ、過激な表現で男性の編集者の批判をしたら、パワハラになり、非難の的になるだろう。

また、女性の作家が男性の作家に強い口調で意見したら、男性の作家が萎縮してしまうだろう。

そして、陰口はひたすらかっこ悪い。

（当たり前だが、性別が逆だったら言って良いとか悪いとかいう話をしているのではない。本来、性別がどうあれ、過激な言葉で相手を批判することは決してかっこいいことではないのだ。ただ、時代や環境によって弱者が固定されている場合、弱者が強者に対して行うことはたとえ過激でも大概かっこ良くなるため、男性側からは許されないが女性側からのきつい言動は許される、ということが昔はまかり通っていた。でも、これからの時代は、「誰に対しても優しく接する」ということが主流になっていくだろう）。

私より十歳、二十歳上ぐらいの世代の女性の作家や女性の編集者の方が、男性の作家や男性の編集者に向かって、きつい冗談や、厳しい意見を言うのを、何度か聞いたことがある。男性が女性にきついことを言い返すことはあまりない。でも、女性は結構言う。そういった先輩女性は、女性に対しては優しいのに、なぜか、男性相手のときはかなりトゲのあるジョークや角のある言葉をぶつける。

それで、ちょっと想像してみたのだが、おそらく、数十年前は「男性が強者」「女性が弱者」というのが絶対的で、ひっくり返ることがほとんどなかったのではないか。だから、きついことを言っても許された。むしろ、「女性はきついことを言うぐらいの気概がないと、仕事をうまくこなすことができない」という空気もあったのではないか。

でも、現代は複雑で、性別だけでなく、いろいろな要素で、強者や弱者が作られる。

経済力や、発言力、どのような仕事をしているか、理屈のこね方、なんとなくの雰囲気、様々な理由で、強者と弱者が生まれる。嫌でも女性が強者の側に立ち、男性と接しなければならないシーンもある。

作家をしていて、「これ、パワハラになるんじゃないかな」と反省することが何度かあった。相手がかなり年上の男性の編集者でも、ものすごく丁寧に接してくれる。だから、意見を言うと、強く響きすぎてしまうことがよくある。「私のような雑魚《ざこ》作家の意見なんてスルーされるだろう」「十歳以上も年上の人だから、私が強い口調で言っても傷つかないだろう」と思っても、想像以上に強く伝わってしまう。マンガ家の場合は編集者に上から喋られることも多いらしいが、文芸、特に純文学シーンでは、「クリエイターは尊敬しよう」と考える雰囲気が編集者の間にあり、新人の作家でも、上から喋られることはまずなく、むしろ意見を尊重される。

また、家庭でも、私の方が理屈のこね方がうまく、なんとなく態度がでかい、といった要素があるせいか、私としては夫に対して意見しているつもりはないのに、なぜか夫が私の考えに合わせてしまう、ということがよく起こる（ちなみに、夫の方が私より一歳年上なので、年齢は関係していない）。

映画を観て、夫の感想を聞いたあと、「私はそれとはちょっと違う感想を持ったけれど……」と自分の感想を話すと、「そっちだ」となぜか夫が感想を合わせてこようとする。「それぞれ違うね」でいいのに、なぜ合わせてくるのか。私が何かプレッシャーを与えてしまっているのだろうか。

旅行や引っ越しなんかでも、大きなお金を出すのが私ということも影響してか、それぞれの意見の真ん中あたり、とならず、私の意見が通り過ぎてしまうことがよくあった。経済力のある方に選択の権利がある関係性を作ってはいけない。私は反省した。自分の意見を言う前に、夫の意見に耳を傾けなければならない。

これらは私の場合の話だ。

「仕事の話」「家庭の話」だからといって、あなたの職場の人間関係や、あなたの夫婦関係と置き換えて考えてもらうわけにはいかない。

同じ「妻と夫」という名前で語られる関係でも、関係性は別々だ。

ただ、想像はできる。

性犯罪に遭った人が男性全般に対してどうしても恐怖心を覚えてしまう、という感覚は想像できる。

親から性別を理由に生き方を押し付けられた人や、性差別のある職場で働いている人、性役割に関する考えが合わない夫との生活にストレスを抱える人が、「男性に敵意を覚える」「男性に怒りを抱く」「男性に理解を求めたい」という感覚を持つことも、なんとなく想像できる。

そして、そうではない、私みたいな人間もいるのだということも、想像してもらえたらありがたい。同じ性別だからといって、似た環境にいるとは限らない。考え方も価値観も違う。みんなが別々だ。それぞれが自分の思うことを素直に発言していいのではないか。

私が、私の環境の中で考えた「男性を敵視しない」「男性を慮《おもんぱか》る」「性別にあまりこだわりたくない」ということは、素直に書いていいことだと思う。他の人からは「体制に迎合している」と見えるとしても、自分としてはまったくそう思わないし、自分は決して体制側の人間ではないと感じる。私は女性の味方ではないが、弱者の味方だ。


苦しい場所にいる女性を慮りたい、寄り添いたい、と私も思う。

ただ、他の多くの作家や、他の職業の人が、その仕事を私よりも的確に行っている。

私には、私のやるべき仕事が他にある。


「女性の地位を上げたい」と活動してきた方々が、実際に女性の地位の低さを比較的経験せずに育った私のような者が生まれると、その言葉に耳をふさぎたがるのはなぜなのか？

女性だって経験の有無に関係なく寄り添う側になれるし、他の仕事だってできるのに、「私も被害者です」という言葉のみを女性に求めるのはなぜなのか？

この先の時代、女性の地位の低さをあまり意識しないで大人になり、「私が加害者になるかもしれないから注意しよう」という人が増えるだろうに、「私も被害者です」という言葉のみを女性にずっと求め続けるのか？　「書き手が女性だから、女性としての文章が綴られているはずだ」と、性別でカテゴライズするのではなく、いろいろな人の様々な考えを聞こう、という社会にはならないのか？

私の場合は、「女性の地位の低さ」ではなく、「性差を強調する社会」に苦しんできた。私は、私のやるべき仕事をメインに書き続けていきたい。

そういうわけで、私は、「女性は常に弱者なのだから、男性に対して強く意見を言って良い」という考え方に疑問を覚える。「男性が弱者かもしれないから、慮った方が良い」と思う。そして、人間を女性と男性という二種類に分けることをなるべく避けたいとも思っているので、「ブス差別をするのは男性に多いから、男性批判をするべき」なんて考えたくない。弱者と強者は、絶対的なものではなく流動的なものだ。

第二十九回　「おじさん」という言葉

今回は、懺悔《ざんげ》から始めたい。

私は無自覚に加害者になっていたときがあった。

「加害者だった」という自覚を持つようになったのは最近だ。

今、深く反省しているのは、小学校五、六年生のときの担任の先生を、友人との交換日記の中で、髪を薄く、中年太りしているように似顔絵を描いたことだ。

当時は、「自分は子どもで、相手は大人だから、私が何をしても相手が本気で怒ることなんてない」と思っていた。

「ブス」という言葉については、簡単に言ってはいけないことだ、と早くから知っていたと思う。特に、同世代や女性に対して使うのはタブーだという意識は小さい頃からあった。

でも、「ハゲ」「デブ」「おじさん」といった言葉を、大人の男性に対して使う場合に慎重にならなければならないという意識はあまり持っていなかった。

言葉として「ハゲ」「デブ」をそのまま使うことはなくても、「髪が薄いのを気にしている」「お腹が出ている」といった表現は悪気なく使っていた。

「おじさん」という言葉については、何も思っていなかった。大人の男性を揶揄する言葉として、「おじさん」をどんどん使っていた。「相手が『おじさん』だったら、何を言ってもいい」ぐらいのことを思ってしまっていた気がする。「おじさん」は上の立場の人だし、「おじさん」は見た目を気にしていないし、「おじさん」は鈍感だし、「おじさん」は私を見下しているし……。

十代、二十代の頃は、「おじさん」に嫌悪感を抱いていた。

「なんとなく汚い」と思っていた記憶もある。

「思春期になると、潔癖になり、男性に嫌悪感を抱くよう、脳にプログラミングされている」といった話はよく聞くから、そういうことだったのかもしれない。

高校時代や大学時代、電車に乗車していて、席が空いていても、「おじさん」の近くには座らなかった。満員電車で、「おじさん」の隣に立つしかないときは嫌でたまらなく、体を反らせたり、息を止めたりしていた。

痴漢被害を避けたい、という思いもあったので、仕方のないことだったかもしれない。ただ、「おじさん」のすべてが痴漢をするわけではないということは当時から認識していた。

とにかく、私は、「おじさん」に対する偏見を持っていたということは認めざるを得ない。

単純に、「おじさんはみんな汚い」と思っていた。

その頃の私は、「どうして身だしなみに気をつけないのだろう。ほとんどの女性が、体を清潔にして、他人に不快感を与えないように気をつけているのに、『おじさん』は髪を洗っていないように見える人が結構いるし、くしゃみをするときに手で押さえなかったり、汚れた衣服をまとっていたり、周囲への気遣いに欠ける感じの人が多い」と偏った感じ方をしてしまっていた。そして、女性が不潔だったら許されないだろうに、「おじさん」が不潔なのは許されていて、この社会はどうもおかしいと思った。

社会人になってからは、会社の上司の行動に疑問を持つことも多かった。セクハラまがいの言動に驚くこともあった。

作家になってからは、「自分はバッシングを受けている」ということを強く感じることになった。

ネットで容姿の批判をされる、という低次元のものもある。

だが、きちんとした場面でも私は厳しい言葉をたくさんもらった。新聞や文芸誌などの批評や書評の欄で、批評家や先輩作家から私はいろいろと批判された。著名な作家から「とんま」と言われたこともある。文芸批評家からの辛辣な言葉も山程もらった。作家や批評家のほとんどが、私よりも何十歳も上の男性だった。真面目な批評をしてくださっていたに違いないが、当時の私は、「おじさんは怖い」「若い女性、特に若くブスな女性は、おじさんからバカにされがちだ」と思ってしまうこともあった。

また、文学賞の候補に挙げられて落選するということを何度も経験するうちに、どうも「女性の作家同士を比べて面白がる風潮が世間にある」と感じるようになった。要は、「キャットファイトをさせられている」。特に芥川賞は世間の関心が高いので、終わったあと、様々な人の声が聞こえてくる。まったく作風の違う女性の作家とは比較されるのに、作風が似ているように思われる男性の作家とは全然比較されない。そして、「私は同世代の作家の多くと友人関係を築いている。ライバルとは思っていない」という話をすると、否定される。なあなあになるな、と意見される。「おじさん」は女性の作家同士で殴り合いをして欲しいのだ、と思った。

根も葉もない噂話を、本当の出来事かのように雑誌記事にされたこともあった。ナオコーラが文学賞のことで怒った、ナオコーラがこういうセリフを言っていた、大先輩の女性の作家に食ってかかった、などと、まったく口に出したことのないわけのわからない嘘のセリフを、聞いた人がいるという体《てい》で綴られている記事があった。賞のことで怒ったり意見したりする作家などいない。そんな暇はないし、そんなことをして自分になんのプラスになるのかまったくわからない。そもそも、私は現在でさえ、目上の作家と直接に話した経験をほとんど持っていないのだ。なぜこういうくだらない記事が出るのかというと、「おじさん」がキャットファイトを求めているからに違いない。「おじさん」は女性の作家同士でケンカして欲しがる。

あと、「編集者に育ててもらえ」という言葉もよく耳にした。男性の作家も、「編集者に育ててもらえ」と言われるのだろうか？　私は、男性の作家は言われていないと予想する。「仕事をする若い女性に対し、『育ててあげる』という視線を送る」というのは、他の職場でもよく見かける光景だ。「おじさん」は若い女性を育てたがる。

前回、文芸のシーンでは他の職場に比べて性差別は少ない、と書いたが、よくよく思い出すと、比較的少ないとしても、やっぱり性差別はあったと思う。

別に書かなくてもいいことだが、飲みの場で、何十歳も上の大作家から体を触られたこともあった。

とにかく、私は若い頃、「おじさん」全般が嫌いだった。憎んでいたくらいだったと思う。それが、三十歳を超えてから、だんだんと薄まっていった。

私は「おじさん」が嫌いだったから、若い頃に書いたエッセイや小説では、「おじさん」という言葉を結構使っている。

全面的に「おじさん」を取り上げた小説もある。私は純文学シーンで活躍したかったので、それまでの私の小説が「毒が足りない」と批判されたことがあったり、他の作家の純文学小説を読むと「悪」を題材にしたものや人間の暗い部分に焦点を当てたものがあったりしたことを鑑みて、露悪的なものに挑戦したのだった。「おじさん」が若い女性に対して行っていることを、若い女性側から「おじさん」に対して同じことをやり返す、という内容だ。

今、あの小説を思い返すと、書き直したい気持ちもちょっと湧く。「おじさん」に対してひど過ぎた。とはいえ、あれはあのときの一所懸命な思いだったし、時代背景もあるし、やっぱりあのままでいいと考えているのだが……。

その書籍を担当してくださった編集者さんは、人間としてものすごく素敵な方だった。こんな人もいるのか、と驚いた。年上の男性だったが、フラットに接してくれ、こちらの意思を丁寧に確認し、小さな意見でも尊重してくれた。「おじさん」を表紙にしたい、と言うと、ご自身がモデルになってくださった。あんな人、この世に二人といないと思う。とにかく、人間としての器がものすごく大きい人だった。

注意して周りを見ると、尊敬できる年上の男性は他にもたくさんいることに気がついた。そして、その方々も、いろいろな悩みやコンプレックスを抱えながら生きている普通の人間だとわかってきた。

年上の男性だからといって、「おじさん」という一種類にまとめ上げることはできない。多様な人がいる。

私はだんだんと、「『おじさん』に対して自分が偏見を持っている」という自覚が芽生えてきた。

男性もひとりの弱い人間なのだということ、傷つけてはいけないということ、男性の意見も尊重しなければならないということも、少しずつ考えるようになった。

十代二十代の頃の生理的嫌悪感が三十代に入ってからは消えた、という単純な理由もあった。痴漢に遭わなくなり、過剰な自己防衛を行う必要がなくなったということもあっただろう。そして、年齢を重ねると、良くも悪くも「潔癖さ」というものを失う。汚れたものに慣れてくる。

若い頃は、身体的なことだけでなく、考え方や付き合い方などに対しても、私は潔癖なところがあった。「陰口は言うな」だとか、「嘘は言うな」だとか、「筋の通らないことはやるな」だとか、「おごられたくない」だとか、そういうことをすぐに主張していた。「正しいことを言えばいいわけじゃないんだよ」と大学時代の先輩から注意されたことがあったが、私は子ども時代にずっと人見知りだったせいか、大学に入って急に友人ができるようになってから、堰《せき》を切ったように、本音ばかりをまっすぐに喋るようになり、そのせいで他の人とぶつかってしまうことがよくあった。新聞やテレビを見ていても、世の中の曖昧な線引きや、必要悪のようなものが許せず、特に「おじさん」の言動には「おかしい」と憤った。だが、三十代になると、曖昧な会話や、ちょっとした間違い、少しの悪い心が様々なシーンに混じっていることが、気にならなくなってきた。ずるいやり方や、わがままも、許容できる。スルー能力も上がった。他人に対して、許せることが増えてきた。

それから、流産や出産などで、体の汚さに慣れた、ということもあった。それまでの私は大きな病気や怪我の経験がなかったため、血の付いた体の部位を他人に見せることや、汚い部分を他人に触ってもらうことがなかった。血や汚物を自分で見ることもほとんどなかった。でも、流産や出産で免疫が付いた。赤ん坊の世話で汚物にさらに慣れた。血や汚物に抵抗がなくなって、身体的な潔癖さもなくなった気がする。

それと、父の死も大きかった。父はがんで入院し、少しずつ衰弱した。病気が発覚したとき、これまで父に対してきちんと向き合ってこなかった後悔が強く湧いたため、入院中は毎日看病しにいった。父は、できないことが日に日に増えていった。だから、私は、父の世話の範囲を少しずつ広げた。初めは、洗面器にお湯を汲むだけだったが、次第に父が弱り、顔を洗うのや髭《ひげ》を剃《そ》る工程の一部を担うようになり、やがては、顔を拭くのも、髭を剃るのも、全工程を私が毎日行った。歯磨きも入れ歯を洗うのもやった。手と足のマッサージをすると、「天国だよ」と父が喜ぶので、小学生時代以来触っていなかった父の手や足を触り、毎日マッサージした。看護助手さんが一週間置きに清拭《せいしき》をしてくれるのだが、それだけではどうしても追いつかないので、私も体を拭いた。入院していると、どんどん体が汚れてしまう。水を使わないシャンプーで、フケだらけだった頭も洗った。爪切りを持ち込み、爪切りもした。耳掻き棒と綿棒を持ち込み、耳掻きもした。

父は「恥ずかしい」と感じていたと思う。でも、私は妙に嬉しかった。そして、汚いものに対する考え方が変わった。

私はもう、男性のことを「おじさん」とひとくくりにすることをやめたい。

「ハゲ」も「デブ」も「汚い」も「くさい」も言いたくないし、思いたくもない。たとえ本人が自虐ネタとして笑いを求めていても、私はできるだけ、それ単体では笑わないようにしたいと思う。もし、それが、ひねったネタで、センスが爆発していて、ただの自虐じゃなかったら、笑うかもしれないけれども……。

そして、世にたまにいる、自分が男性だからという理由で女性に対して尊大な態度をとってしまう人、いわゆる「女性蔑視」をしてしまう人は、ある意味では被害者なのではないか、と考えるようにもなった。

おそらく、その男性は個人で「女性を蔑視しよう」と考え始めたのではない。親からの育てられ方、学校での教育、育った環境、触れた文化、様々なものから、性別というものの扱い方を習得し、その結果、偏った考え方を身につけざるを得なかった。そして、親だって、教師だって、さらに上の世代の教育を受け、環境や文化によって、その考え方、つまり「差別すること」を身につけることになった。

このような差別がある社会で、どのように生きれば良いのか？

特定の人から嫌がらせを受けたり、何かを言われたりされたりした場合は、その個人に対して、怒ったり、意見をぶつけたり、第三者に伝えて問題の解決を図ったりしなければならない。
きちんと訴えることも必要だ。

しかし、「様々な事柄を総括して、きちんと考え事をしたい」「社会全体から、性差別をなくしたい」という場合は、「おじさん」という十把《じっぱ》一絡《ひとから》げにする言葉で男性を糾弾することは、あまり意味がないような気がする。

おそらく、敵は男性ではない。

必要なのは、男性を責めることではなくて、社会を変えることではないだろうか。

大人になった私たちは、自分で社会を作っている。

仕事をし、会話をし、買い物をし、絵を見たり音楽を聴いたり本を読んだりして文化を作っている。

私自身も年齢を重ね、学生時代の男友だちも「おじさん」、仕事仲間や家族などの同世代も「おじさん」ということになりつつある。そうすると、「おじさん」と呼ばれる人の気持ちが想像しやすくなった。

大人の男性も、心を持っている。

傷つくときは傷つく。

また、中にはジェンダーに問題意識を持っている人もいる。

社会から求められる「男らしさ」に戸惑っている人もいる。男らしい振る舞いが得意でない人は、生きづらさを感じている。魅力的な人なのに、「男らしいかどうか」という視点では及第点にならないため、自信が持てない、という人もいる。男性だって、枠にはめられて、苦しんでいる。

それから、女性の生きづらさについて、深く学ぼうとする人もいる。

もちろん、そういったことに無頓着な人もいる。でも、中には、こちらが意見を伝えたり、「こういうことをされると傷つくよ」と言ったりすると、変化をしてくれる人もいる。だから、男性に対して、「敵だ」と対峙するより、「一緒に文化を変えていこう」と横に並ぶ方が実りがあるように思える。

女性だって、「女性は駄目だ」「女性は変わらなければならない」と糾弾されたら聞く耳を持たない。おそらく、男性も、「男性は駄目だ」「男性は変わらなければならない」という話は聞いてくれない。「今の文化って、どう思う?」と一緒に考える仲間と見て声をかけた方が、変わってくれるに違いない。

これから私は、新しい文化を作れると思う。

敵は、男性ではなく、文化だ。

第三十回　本当に「ブス」と言ってはいけないのか？

容姿の問題について、「他人に『ブス』と言ってはいけない」「自分を『ブス』と言ってはいけない」といった単純な意見を耳にすることがよくある。

だが、事態はもっと複雑だと思うのだ。

私はよく、「自分はブスだ」と書いたり言ったりしている。そうすると、咎《とが》める人がいる。「そんなこと言っちゃ駄目だよ」とアドヴァイスしてくる。だが、そんな風に「自分のことを『ブス』と言っては絶対に駄目だ」「自分を『ブス』と言う人は自己肯定感が低い」と主張する人は、むしろ外見至上主義者なのではないか。

ブスは人間の価値を決定する事柄ではない。

人間は、ブスぐらいでは死なない。

「自分はブスだ」というセリフは、死にたいという意味ではまったくない。少なくとも、私はそういう意味でこのセリフを言ったことがない。

自虐でも、コンプレックスの吐露でも、他人から言われる前の防衛でもない。

「外見ではなく、他のところに得意分野があります」という主張だ。

私の場合は、「ブスですが、文章がうまいです」「ブスですが、ちゃんと稼いでいます。かなり納税しています」「ブスですが、仕事が楽しいので、生きる気満々です。社会の隅っこに行く気はないです。堂々とやります」といったことが言いたい。

そして、今後のコミュニケーションをうまく行かせるために、「他のところで仲良くなれると思うので、外見でつまずかないでください」と伝えたい。

「女性はみんなかわいい」「どんな女性でも自分のかわいさを見つけて、『自分はかわいい』と思った方がいい」という意見も聞くことがあるが、私は頷けない。

なぜ、「女性だから」という理由で自分をかわいいと思わないといけないのか。女性だろうが男性だろうがその他であろうが、自分をかわいいと思いたい人は思えばいいし、思いたくない人は思わなくていい。

もちろん、元の顔の造作にかかわらず、おしゃれや化粧を楽しみ、努力で外見に魅力を作る人はいる。それは素晴らしい行為だと思う。だが、人生の時間は限られている。「おしゃれも素敵と思うけれど、私の場合は、外見に関する努力より、○○に関する努力に時間を使いたい」と仕事や勉強や趣味に力を注ぐ人がいたっていい。そして、「努力をしていない人なら、差別を受けても仕方ない」とはならない。努力をするかしないかは本人の自由だし、努力の有無にかかわらず差別されない権利がみんなにある。

「ブスを自認する人は容姿差別を容認している」ともならない。

どんな人でも、差別を受けるいわれはない。

容姿の悪さを隠す必要も、「ブス」と言われがちな事実をないことにする必要もない。

「ブスだけど、差別は受けたくない」「ブスだけど、努力が必要とは思わない」と堂々としていたい。


「ブス」という言葉が差別的になるのは文脈による、と第四回で書いた。

自分に対して「ブス」を使う場合も、やっぱり、差別的に使うのは良くないだろう。自己卑下したり、自分の人権を侵害したりしてはいけない。

でも、差別の意図がなければ、「外見のコミュニケーションは不得意ですが……」と自己紹介していい。そのあとに肯定的な文章を続ける場合はむしろ自己評価が高過ぎるくらいになることだってあり得る。

コミュニケーションを円滑にするために、自分の不得意分野を正直に伝えることは不自然ではない。


たとえば、英語があまり喋れない人も、「私は英語が喋れます」と言った方がいいだろうか？

「英語が喋れない」という自己申告は、自己肯定感が低いこととイコールにはならない。就職活動の場面でも、「英語は喋れないけれど、仕事への意欲はあります。〇〇は得意です」など、正直にアピールする方が「一緒に仕事したい」と思ってもらえて、採用の可能性が上がるのではないか。嘘をつく必要はない。英語ができなくても、コミュニケーションの方法は他にもある。

それから、障害者差別をなくしたい場合、障害について語らない方がいいだろうか？　物理的なつらさ（「動きにくい」「喋りにくい」など）だけでなく、文化的なつらさ（「じろじろ見られる」「できることがあるのに弱者としてしか見てもらえない」など）があって、まずは文化を変えていきたいと考えたときに、障害がないという体《てい》で話をすることが差別をなくすことに繋《つな》がるだろうか？　それよりも、「私は△△が不得意ですが、少し手助けしていただけたら、ゆっくりならできます。そして、〇〇は得意です。〇〇を活かして、◎◎という仕事をしていますといった話をした方が、コミュニケーションがうまくいきそうな気がする。自分には障害がある、と話すことが、自己肯定感が低い、と受け取られることはまずないだろう。

それと同じように、「外見でのコミュニケーションが苦手ですが、他の方法でのコミュニケーションならうまくできると思います」と伝えたっていいんじゃないか、と私は思うのだ。たぶん、世の中には、「私はブスだ」と言ってもいいシーンがある。

ここで、「じゃあ、自分で『ブス』と言っている人になら、他人もその人を『ブス』と言って構わないんじゃないですか?」と聞く人がいるかもしれない。「『ブス』と言ってはいけないわけではないか、差別をしてはいけないと思う」と私は答えたい。

私は、「他人に『ブス』と言ってはいけない」とは思わない。そういう言葉狩りをしても意味がないと思う。

前回、「『おじさん』という言葉を使うことに慎重になりたい」と書いたが、「『おじさん』という言葉を使わないようにしたい」とは思っていない。「おじさん」という言葉を差別的な文脈で使いたくないだけだ。「おじさん」という概念をなくした方が良い社会になる、とは思わない。「おじさん」という言葉がある社会の中で、大人の男性と仲良くやっていきたい。

いまだ容姿差別というのがどういうことかいまいちピンときていない人もいると思うので基本的なことをまた書いておくと、「容姿を理由に場所を移動させる」「容姿が関係しないシーンで容姿のことを執拗に言う」「仕事の評価に容姿を絡める」「容姿を理由に進学、就職、昇進をさせない」といったことだ。つまり、美人に対して、美人を理由に席を移動させたり、社会的な場で顔の話ばかりしたり、美人だからと仕事の評価を上げたりすることも差別になる。

かなり低レベルの話になるが、ごく稀《まれ》に、「容姿差別をしてはいけないから、ブスのことも好きになってあげないとな。でも、オレには容姿の好みがあるんだよなあ」「容姿差別をなくすために、ブスのことも、どこかに良さを見つけて褒めてあげないとな。肌がきれい、だとか、持ち物がおしゃれ、だとか」と考える人がいる。

いや、ブスを好きになって欲しいわけじゃないのだ。差別をしないで欲しい、と要求しているだけだ。好いてくれる必要はまったくない。

人を容姿で好きになるのは差別ではない。好みの外見の人と恋に落ちることが、容姿差別になるわけがない。そして、ブスの外見を無理して褒める必要などないというか、社会的なシーンで執拗に容姿を褒めるのはむしろ差別だ。

私には、容姿差別をしない男性の友人たちがいる。その友人たちの多くに、美人の奥さんやかわいい恋人がいる。恋愛シーンでは、外見の好みがあるのだろう。でも、私と話しているときに、私を下に見ている感じは全然なく、人生の話や仕事の話などをフラットに喋り、対等な立場でこちらの話を聞いてくれ、私の容姿を話題に出すことはまずない。

仕事のシーンや友情のシーンで、容姿を理由に、席を移動させたり、ランクを付けたり、グループ分けをしたり、悪口を言ったり、評価を変更したりしない、ということを心がけるだけでいいのだ。

おそらく、差別をしなければ「ブス」という言葉を使っても関係は悪化しない。「ブス」という言葉を使った良いセリフもある気がする。

つまり、「仲の良い間柄だったら、『ブス』という言葉を使っても許される場合があるが、差別にならないように注意した方がいい」というだけのことだ。まあ、とはいえ、「『ブス』という言葉が差別的にならないように慎重に文脈を作る」というのは、自分に関することとならなんとかできても、他人に関することだと高度な技が必要になるから、他人に対して「ブス」という言葉はあまり使わない方が賢明ではあるだろう。

ここで、ちょっと付け加えると、先ほどの話では「社会的なシーンはともかく、恋愛シーンでは容姿がものを言う」という論理になってしまうわけだが、恋愛の回で書いたように、ブスだからと言って、恋愛をあきらめる必要はない。親密な相手の容姿には心がくっ付くものだ。仲の良い相手だったら、世間の評価に関係なく、相手の容姿を好きになる。だから、初対面でいきなり恋愛に持っていくのではなくて、まずは仲良くなる、という手がある。時間がかかるし、たくさんの人にモテるということは難しいが、「好きな人と恋愛したい」というだけの希望だったら、この方法で結構うまくいく。

また、平安時代は目が細くて顔がでかい人の方がモテた、という話もあるし、国によっては、太っている方がモテる、エキゾチックな顔立ちがモテる、といったことも聞くし、時代や場所によって、モテる容姿のスタンダードは変わる。だから、「モテたい」という希望がある場合は、自分の時代が来るのを待ってもいいし、引っ越しをするという手もある。

そして、現代は多様性の時代で、人々がいろいろな顔に慣れ始めた。

昔、ブスは引っ込みがちだった。テレビや雑誌にはきれいな人ばかりが出ていて、ブスはブスキャラ一辺倒だった。雑誌のお仕事紹介に出てくる人もきれいだった。でも、もはや、「人前に出るのだからきれいにしなければいけない」「きれいな人しか表舞台に出てはいけない」

という価値観は廃れてきた。今は、仕事に誇りを持っていて容姿を気にしていない人が女性誌のインタビューで堂々と話しているのを見かける。ノーメイクの職人がかっこ良く仕事場訪問を受ける。汗をかきながら肉体労働をしている女性がいきいきとグラビアに写る。

容貌障害のある人のインタビューを読んでいると、「人々は、見慣れない顔に最初は違和感を持つが、何度か会ううちにその違和感はなくなっていくみたいだ」といった話がよく出てくる。

現代では、メディアにいろいろな顔の人が登場するようになった。私自身、他人の顔に違和感を持つことが若い頃よりも少なくなってきていると感じるし、この先はもっと見慣れていくだろう。

昔の日本では外国人がめずらしくて、人種の違う人を見かけたら顔に違和感を覚えてしまった。そうすると、恋愛に発展する可能性が減る。でも、今はみんな見慣れているから、最初の出会いからあまりハードルを感じない。そのおかげもあって、国際結婚が増えているのではないか。

現代人は、様々な顔をメディアを通して見ていて、「多様な顔がある」ということに慣れ始めているから、これからの時代では、「『美人』という一系統の顔のみがモテる」という空気はなくなっていくだろう、……なんて夢も見たくなる。

恋愛に容姿が重要だとしても、初対面のときに容姿によって疎外されることが減っていって、個性的な顔でもあまり違和感を持たれずに仲良くなれて、やがてその顔を愛される、ということが、昔より多く起こるようになっていく。
だから、ブスが恋愛をしやすい時代がこれからやってくる。

そういうわけで、「他人に『ブス』と言ってはいけない」「自分を『ブス』と言ってはいけない」ということを私は思っていなくて、言ってもいいけれども差別は駄目だ、とだけ思っている。

ブスとしては、差別されるのは嫌なのだけれど、「ブス」と言われたことをなかったことにしたくない。だから、「ブス」という言葉は使いたい。そして、容姿というコミュニケーションが存在していることは肯定したい。実際、きれいな人がいるおかげで和む場所や、きれいな人だから成り立つ職業がある。見た目によって交流が進むシーンもある。それなのに、「『ブス』という概念がないことにしよう」と蓋をするのは、違うと思う。「『ブス』はあるけれど、差別はしない」というのは、複雑でちょっと難しいかもしれないが、たぶん、可能だ。

最後に、やっぱり強く言いたいのは、私が自分を「ブス」と書くのは、自虐でもコンプレックスでもないということだ。
自虐で笑いを取りたいと思ったり、キャラ作りをしたいと考えたりして「ブス」と書いているのではない。社会がおかしい、と憤って書いている。
私は、コンプレックスに悩んでいるのではない。罵詈雑言を受けたことで悩んだ。仕事の妨害がつらかった。いじめだと感じた。私が駄目なのではなく、悪口を言う人がおかしいと思った。だから、自分が変わるよりも、社会を変えたいと考えた。

社会を変えたいと思っている人は私の他にもいると思う。きっと変わっていくだろう。

あとがき

社会を変えたいと思う。

私はこれまで、他のテーマで書いたエッセイの中に、「ブス」という単語をちらりと紛れ込ませたことが何回かあった。すると、大きな反響があった。多くの人が「ブス」という言葉に関心を持っているようだ。ただ、その反響の多くが、「頑張ってください」というものだった。つまり、「『〝ブス〟という単語が出てくる文章』＝『劣等感の放出』」と捉えられてしまうのだ。慰めたり応援したりするのが読者の務め、と思わせてしまう。「社会は変えられない。だから、『ブス』に関する文章っていうのは、個人の苦しみを吐露するだけのものだ。その言葉を聞いたり読んだりしたら、個人を応援し、個人の気持ちを緩和させてあげなくてはならない」と多くの人が考えてしまう。

違う、と私は言いたい。「ブス」は個人に属する悩みではない、社会のゆがみだ。社会は変えられる。

私は政治家の悪口を言いたくないと考えている。理由は、社会を作っているのは政治だけではないからだ。経済、雑談、スポーツ、建築、コーヒー、育児、洗濯、インターネット書き込み等で社会は作られている。文化も社会を作る要素だ。自分が仕事をやれていないから社会がゆがんでいるのに、傍観者として悪口を言っている暇はないと思う。私が社会を変える。

いつか、もっと強い文脈で、きちんと「ブス」に関する文章を綴りたい、「ブス」だけをテーマにした本を作りたい、と数年前から私は思ってきた。本で社会を変えたい。

そして、この仕事が生まれた。

ここで、連載時から書籍化までの担当編集をした樋口聡さんに礼を述べたい。

樋口さんから最初にもらったエッセイ執筆の依頼の手紙には、私の前著の感想などが綴られており、「社会的な視点のある編集者のようだから、ここでとうとうブスのエッセイを書くことにしようか」と私は考えた。初回の打ち合わせに樋口さんがやってきた。人を外見で判断してはいけないわけだが、樋口さんは精悍《せいかん》な顔立ちをした若い男性で、私はこれまでの経験から、ブスについて自身が悩んだ経験がない人、また「ブスを慮《おもんぱか》らなくてはいけない」という既成概念を持たない人の方が、自由に書かせてくれるような気がしていた。傷の舐《な》め合いや、褒め合い、「わかる、わかる」といったコミュニケーションではなく、自分とは違う立場の人と冷静な遣り取りをした方が良い仕事ができるのではないか、と考えていた。そこで腹が決まった。樋口さんは「家族のエッセイはいかがでしょう？」なんてことを言って、森茉莉の本を鞄《かばん》から出したが、「いや、そういうのじゃなくて、ブスについて書きたいです」と私は提案した。樋口さんは即「いいですね」と頷いた。そのあとに私は「一回分が原稿用紙五枚くらいのｗｅｂ連載をして、のちに書籍化をお願いします」と自分から言ったのだが、いざ執筆を始めたら、うまく切り上げられずに一回目で一気に二十枚も書いてしまった。「ｗｅｂだからスペースに限りはないし、何文字でも載せてもらえるのでは？」と期待してそのまま原稿を送ったところ、本当にそのまま掲載された。その後の連載でも、ずっと、内容も表現も文字数も私の裁量に任せてもらい、完全に自由に書かせてもらった。いい感想をくれつつ、決して意見は言わずに自由に書かせてくれたことに、深く感謝する。

みなさんにもお礼を。

デザイナーの川名《かわな》潤《じゅん》さん、帯文を書いてくださったはるな檸檬《れもん》さん、校正の牟田《むた》都子《さとこ》さん、そして、製紙会社の方、印刷所の方、製本所の方、営業さん、取次さん、書店員さん、たくさんのプロの力と共に書籍が出版されたことを幸福に思います。一緒に仕事ができて嬉しいです。

そして誰よりも、ここまで読んでくださったあなたにお礼を言いたいです。お付き合いくださり、ありがとうございました。読書は読者のものなので、著者が余計なことを言うのは野暮ですが、面白い本になっていたらいいなあ、と思っています。

二〇一九年三月二十八日　今年一番桜が美しい日に　　山崎ナオコーラ

本書は「よみもの.com」での連載（二〇一八年二月〜二〇一九年三月）を大幅に加筆・修正したものです。

山崎ナオコーラ

作家。一九七八年生まれ。性別非公表。大学の卒業論文は「『源氏物語』浮舟論」。二〇〇四年に『人のセックスを笑うな』でデビューしたあと、しばらくの間、「山崎ナオコーラ」でネット検索すると、第二検索ワードに「ブス」と出ていた。でも、堂々と顔出しして生きることにする。目標は、「誰にでもわかる言葉で、誰にも書けない文章を書きたい」。

校正　牟田都子

校正者。一九七七年生まれ。出版社の校閲部をへて、二〇一八年独立。目標は、「誰にでもわかる言葉で、校正について書いた本を作ること」。

装丁　川名潤

デザイナー。一九七六年生まれ。二〇一七年、川名潤装丁事務所設立。目標は、「自分が今、何に荷担し、何に荷担しないかを常に自覚しつづけること」。仕事と生活、ともに。

組版　有限会社エヴリ・シンク

組版会社。二〇〇二年創業。一般書籍を中心に年間一〇〇点超のペースで本を組み続ける。目標は、「情熱としなやかさをもってチームワークを発揮し、パートナーに信頼され続けること」。

編集　樋口聡

編集者。一九七六年生まれ。紆余曲折をへて出版業界の片隅に。目標は、「問いかけ、夢想のきっかけとなる本を出していくこと」。

ブスの自信《じしん》の持《も》ち方《かた》

2019年7月20日　発行　NDC914

著　者　山崎《やまざき》ナオコーラ
発行者　小川雄一
発行所　株式会社 誠文堂新光社
〒113−0033
東京都文京区本郷3−3−11
（編集）電話 03−5800−5753
（販売）電話 03−5800−5780
URL http://www.seibundo-shinkosha.net/
印刷所　星野精版印刷 株式会社
製本所　和光堂 株式会社

ISBN978-4-416-51956-1